依据国家教育部和中央电视台
联合主办的《开学第一课》活动

"我的梦，中国梦" 主题拓展原创版

放飞手中的风筝

中央电视台《开学第一课》编写组 编

时代文艺出版社

图书在版编目（CIP）数据

放飞手中的风筝／中央电视台《开学第一课》编写组编.—2版.
—长春：时代文艺出版社，2016.1（2023.7重印）
（开学第一课.小学生）
ISBN 978-7-5387-4914-4

I.①放… II.①中… III.①中国文学—当代文学—作品综合集 IV.①I217.1

中国版本图书馆CIP数据核字（2015）第257158号

出 品 人　陈　琛
责任编辑　孟宇婷
装帧设计　孙　利
排版制作　隋淑凤

放飞手中的风筝

中央电视台《开学第一课》编写组 编

出版发行／时代文艺出版社
地址／长春市福祉大路5788号　龙腾国际大厦A座15层　邮编／130118
总编办／0431-81629751　发行部／0431-81629755
官方微博／weibo.com/tlapress　天猫旗舰店／sdwycbsgf.tmall.com
印刷／北京市一鑫印务有限公司
开本／710mm×1000mm　1/16　字数／120千字　印张／12
版次／2016年1月第2版　印次／2023年7月第3次印刷　定价／36.00元

图书如有印装错误　请寄回印厂调换

《开学第一课》编委会

编委会主任：韩　青　许文广

主　编：许文广

副主编：卢小波

编　委：张雪梅　骆幼伟　张　燕　吴继红

　　　　刘翠玲　柏建华　孙硕夫　高　亮

　　　　夏野虹　禹　宏　杨海婆　邓淑杰

　　　　李天卿　曾艳纯　郜玉乐　孟　婧

《开学第一课》的价值

有人问我，《开学第一课》的价值体现在什么地方？我认为最重要的就是全社会希望并通过我们传递出来的价值观。多元是时代进步的标志，我们尊重不同的声音和价值理念，但是作为教育部和中央电视台联手举办的一项公益活动，我们要传递的是主流的、与时俱进又符合中华文明传统的价值观。

在2008年，我们通过《开学第一课》传递了抗震精神和奥运精神；2009年正值新中国60周年华诞，我们在象征着民族精神的长城，为孩子们播撒下爱的种子；2010年，我们告诉孩子们，一个拥有梦想的民族，一个不断仰望星空的民族，就是拥有未来的民族，人生的每一个阶段都需要梦想的指引、坚持和探索，而每个人的梦想汇集起来就可能成为国家的梦想、民族的梦想。

举办《开学第一课》三年来，我个人也有一个梦想，我梦想这项目光远大、朝气蓬勃的公益活动能够坚持举办十年，让它给这一代孩子的成长提供正面的、积极向上的力量，这就是《开学第一课》的意义所在。

我希望全社会的力量汇集起来，给孩子们一种价值观的教育，中央电视台愿意承担使命，连同教育部把这项公益活动做好。我们也欢迎全社会各界积极参与、支持，从出版、纸媒、网络、志愿行动、慈善事业等各个方面，加入到这个追逐共同梦想、打造恒久价值的公益活动中来。

由此，我亦十分高兴地看到《开学第一课》系列丛书的出版，我相信时代文艺出版社正是基于我们共同的理想，以出版的力量为孩子们的未来创造了更丰富的阅读食粮，为《开学第一课》的精神理念提供了更多样的传递方式。

中央电视台 许文广

目 录

第三部分　梦想开始的地方

第四部分　梦中七色花

第五部分 一地阳光

目录

第一部分

触手可及的幸福

　　我一直在寻找幸福生活，而今却发现我所期盼的不就在我眼前吗？小草从黝黑的泥土中探出了绿油油的小脑袋，新奇地打量着这个风景如画的地方。走出公园，到处是现代化的建筑，路面上车辆井然有序，行人们有说有笑，原来生活是如此美好。我由衷地闭上自己的眼睛，享受美好世界带给我的幸福，仿佛置身于世外桃源。

——王路遥《触手可及的幸福》

排　队

黄天煜

从我家朝西的窗子望出去，238路车始发站点的情形尽收眼底。

姥爷和姥姥每次上我们家串门儿，就是坐这趟车回家的。有时候，在他们从我家出发前，妈妈会跑到窗前观察一下在站点等车的人多不多，如果人不多，姥爷和姥姥再下楼去坐车。

记得有一次，我听见妈妈在窗边喊道："妈，等车的队伍不长，但很粗！"我们听了，都忍不住笑了起来。其实，那个时候妈妈所说的"等车的队伍"并不存在，人们只是分散地站着，渐渐地人多了，就成了一群人。等到238路车驶到站点的时候，等车的男女老少就向车门方向蜂拥而去，这个时候就是一堆人了。

曾几何时，这种不文明的现象早已经不存在了。现在，即使姥爷姥姥不来我家，我也愿意去窗前看一看楼下那等车的队伍。无论什么时间，无论等车的是三五个人还是几十个人，映入我眼帘的都是一条或短或长的队伍。无须工作人员维持秩序，也不见了那个"候车请自觉排队"的提示牌，现在，人们似乎已经养成了候车时排队的良好习惯。他们一个接着一个地排成了队伍，有时候长长的队伍竟然延伸出去几十米。即使是数九寒天，等车的队伍依然整齐有序。在我的眼中，这队伍仿佛是一条力量无穷的长龙，它载着中华民族的美德越飞越高、越飞越远、越飞越强了……

有一次，我和妈妈从那支等车的队伍旁边路过，妈妈小声地对我说："看，这就是文明，这就是素质，这就是精神……"

触手可及的幸福

王路遥

漫步在云亭的公园长廊里，微风拂过脸庞，晨曦的第一缕阳光照在我脸上，宛如妈妈的手轻抚我的脸庞，温暖、舒适。我微眯着双眼沉醉在这上天赐予的幸福之中。

回过神来，附近也有许多同我一样行走在阳光下的人，在这缕缕晨光中显得格外精神……

远远望去，天那么蓝，而我们身边的一切都在悄悄地变化着。高楼平地起，熠熠生辉，在阳光照耀下，恍如巨人般撑起了整个天空；记忆中的旧广场摇身一变成了红白相间的欧式建筑，时代的新气息扑面而来；那四通八达的道路延伸到了天南地北，为远走他乡的游人带来便捷。

是谁令我们的小镇今非昔比？

你看那不起眼的角落，满头大汗的工人们正辛勤地劳动着，汗水不停地从他们被烈日晒得黝黑的脸上滑落，可那如和煦春风般的笑容却不曾消失过，一座座如雨后春笋般蓬勃兴起的新建筑正是源自他们的不辞辛劳。新楼房一座座矗立起来，新广场一片片显现出来……

一个老奶奶拉着孙女，在公园里散步，她们沐浴在阳光下，可能在谈论着平日里的趣事，但那两张不同的脸上却洋溢着同样的笑容，沉浸在相同的幸福中。

听，远处传来一阵阵铿锵的声音，"一二三四五六七八……"一群老奶奶居然起得这么早，正在广场上做着健身操，虽然银发苍苍，可她们仍然精神抖擞，满面红光……

我一直在寻找幸福生活，而今却发现我所期盼的不就在我眼前吗？小

草从黝黑的泥土中探出了绿油油的小脑袋，新奇地打量着这个风景如画的地方。走出公园，到处是现代化的建筑，路面上车辆井然有序，行人们有说有笑，原来生活是如此美好。我由衷地闭上自己的眼睛，享受美好世界带给我的幸福，仿佛置身于世外桃源。

短短的几分钟

袁海莲

　　已是傍晚放学时间，黑云铺匀了天空，浓密得看不见一线蓝天。雨还在淅淅沥沥地下着，宛若给天地间挂了一张无比宽大的雨帘，到处迷蒙蒙一片。

　　来校门口接孩子的家长已经不多了，我撑着一把花雨伞站在校门口，焦急地搜寻着妈妈的身影。在我旁边的小妹妹背着书包，直挺挺地站在雨中，时不时还踮起脚尖朝北张望着，她的家长也没有来哩！小妹妹没有雨伞，头发已淋得湿漉漉的。她可真傻，要是换成我没带雨伞，早去门卫处避雨了。可转念一想，要是她跟家长约定好在门口等的，还是乖乖地待在门口好，要不家长会找不着她的。

　　看着她淋雨的可怜样，我心里乱成了一团麻。我该帮帮她才对啊！可我不认识她，怎么开口呢？平时胆小怕事，一旦家里来了陌生人就会躲开的我实在是犯难了。小妹妹左等右等就是不见家长过来接，刚才还塞在衣袋里的两只小手，现在已抱住了头顶，脖子也尽量往衣领里缩……老师不是常说帮助一个人很简单，只要迈出一小步就行了吗。可是……可是什么！她再这样傻傻地待在雨里会感冒的！我不再犹豫，也没有时间犹豫，我快步走上前去——

　　花雨伞刚好护住我们两个的头，我尽量地将雨伞往小妹妹那边移……小妹妹先是抬头看看伞，然后再转过身看看我，两只小眼睛红红的，显然是等不到家长急哭了。"谢谢！"她对我甜甜一笑，脸上还挂着泪珠。

　　我只是将撑开的雨伞移了移，就能让小妹妹破涕为笑，帮助别人真的很简单呀！在这短短的几分钟内，我真切地体会到了帮助别人很简单，也很快乐！

第一部分　触手可及的幸福

快乐并收获着

张欣然

2009年一转眼就要过去了，而这一年带给我们的回忆实在是太多太多……

在充满红色气息的十月，我们迎来了祖国母亲60岁的生日。1949年，人们为了新中国的成立而欢呼；2009年，人们为了祖国60年的辉煌与昌盛再次欢呼。看，这就是60年来中国的变化：由贫穷落后的国家变成世界强国；由不起眼的蚂蚁变成一只东方雄狮……

"当当当……"钟声响过，祖国母亲的生日到了。我们骄傲，我们自豪，因为我们历经千辛万苦，终于换来伟大祖国的繁荣富强！这一刻，全世界的目光都聚焦在北京，聚焦在祖国60年华诞的阅兵式上。这次阅兵式上的武器装备全部是"国产化"。这表明我们国家的科学技术水平越来越先进，再也不是"没有武器的士兵"了！10月1日那天的阅兵式能充分体现中国在60年间的进步，虽然我国还不是科技最发达的国家，但是总有一天能将"最强国"的宝座牢牢按住。在阅兵式上，士兵们的飒爽英姿吸引着我的眼球，而那些漂亮的女民兵也不甘示弱，她们用自己最优秀的一面把整个阅兵式的气氛推向高潮。

庆典刚刚过去不久后，又是一段值得我们高兴的日子。那就是4年一次的全运会！这一次的全运会在济南举行。济南是一个充满中华民族气息的城市，那被大大小小旅游景区包围着的济南，是个旅游观光的好地方。全运会的一些项目也是在济南周围的城市举行。在现代快速度的生活中，适当搞一些活动不是更好吗？全运会就是专门为我们现代人而设置的。这是一次全民运动的好机会，当然，我们不是为了竞争，而是为了促进我们社会的和谐。都说"友谊第一，比赛第二"，这才是运动会真正要告诉我们的。

在这拥有着无数辉煌业绩的2009年里，我们收获着，快乐着。新的一年就要到了，让我们带着美好的回忆，迎接崭新的一年吧！

大自然的付出教会了人类什么

李金明

今天，我看到了一幅令人深思的漫画。

漫画上是这样的：一个人拿着斧头向森林砍去，却把墙砍了个洞。原来森林早被人们砍光了，人们只好在墙上画森林。

看着漫画，我不禁要问："大自然的无私付出到底教会了人类什么？"

大自然的付出教会了人类贪婪。从远古人类使用火开始，人类便有了贪欲，为了保护火种，开始大片砍伐森林。进入现代社会，为了铸铁炼钢，人类又盯上了矿产资源……仿佛大自然就是永远臣服于人类的奴隶。

大自然的付出也教会了人类自私。俗话说"滴水之恩当涌泉相报"，大自然付出了她的一切，人类别说涌泉相报了，甚至还觉得大自然远远没有满足我们。假如有一天，大自然也像人类一样自私了，人类的命运就不言而喻了。

大自然的付出还教会了人类放肆。人类永远觉得自己是大自然的主人，主宰着地球上的一切。放肆地砍伐森林，大自然却给了人类暴雨和泥石流，给了人类干旱和沙漠……可人类对大自然的警告置若罔闻，依然我行我素，捕杀再捕杀，砍伐再砍伐，开采再开采……放肆的人类终究会得到大自然的惩罚的。

大自然的付出最后教会了人类自取灭亡。人们都说"玩火自焚"，当人类随意玩弄大自然的时候，可曾想过：大自然就是一团火，人类迟早会引火烧身的。大自然不是永远和蔼可亲的，总有一天她也会发怒。一旦大自然发怒将会产生多么可怕的毁灭性灾难呀！

大自然的无私付出究竟带给了我们人类什么？这难道不值得我们每个人沉思吗？

007

一只蚂蚁的启示

崔翊洲

　　"世上无难事，只怕有心人。"这是一句让我一生受用的话。真正理解它是在五年前的一次偶然。

　　奶奶家的院子里有棵大柳树，每当下过雨之后，就会渗出金黄色的黏液，发出浓烈的木香气，蚂蚁们可喜欢吃这些黏液了。

　　一天雨后，我放学回到奶奶家在院子里玩儿（那时我还是一个幼儿园的小孩子），发现一只蚂蚁正在用力地往有黏液的地方爬，可是树干太湿了，它爬到一定的高度就会摔下来。我在一边自言自语道："好笨的一只小蚂蚁，难道它就不会找一条干燥的老缝爬上去吗？我可不能像它那样愚蠢呀！"我暗暗地告诉自己：一定要做个善于思考的聪明人。

　　吃午饭了，我三口并作两口、狼吞虎咽地吃完那碗饭后，就开始讲我获得的启示和那只蚂蚁的故事，妈妈对我说："翊洲真棒，观察能力这么强，一会儿你再去看看，也许你还会有更多的收获，让你变得更聪明呢！"我有些疑惑地点了点头，然后就又跑出去看蚂蚁了。

　　我找了半天，发现那只黑蚂蚁不见了，我以为它已经走了，可是这一次我真的错了：那只蚂蚁并没有走，而是爬到大树的后面一直在向上"冲锋"！虽然每次都会掉下来，但它都没有退缩，最后小蚂蚁终于达到了目的地，吃到了美味的黏液。因此，我获得了一个启示：做事要坚持，做人要坚强，不放弃，这是成功的根本呀。

学会感恩

沈鑫军

上二年级的时候，老师教过我们一个手语舞蹈，名字叫《感恩的心》。回到家，我问妈妈："什么是感恩呢？"妈妈笑着告诉我："感恩是对人或事物的一种发自内心的感激之情。"我似懂非懂，不知道自己要感恩谁，为什么要感恩，直到后来我的生活中发生了一些事，我才明白，原来感恩是无处不在的。

那是去年的夏天，我因为匆忙赶去上学而忘记了带买早餐的钱，当我喝完牛奶却因掏不出钱而急得满脸通红时，卖早点的阿姨笑眯眯地对我说："小朋友，你先去上学吧，下次再把钱带来。""阿姨，你不怕我明天不来吗？"我有些不安地说。"好孩子，阿姨相信你。"阿姨仍然笑着说。听了这句话，我心里的感激只化作两个字：谢谢。

后来我把这件事告诉了妈妈，妈妈说："傻孩子，你不是问过我什么是感恩吗？其实，你早已学会了感恩。那位阿姨给了你信任，你对阿姨说了谢谢，虽然只是两个字，却是发自你的内心，这也是感恩的一种方式啊！"我恍然大悟，原来我已经在不知不觉中学会了感恩。

仔细想想，我有太多要感谢的人，我感谢爸爸妈妈养育我，让我健康成长；我感谢老师教育我，让我获得知识；我感谢同学给我友爱，让我获得欢乐……

马上要到母亲节了，我决定给妈妈一个大惊喜。于是我利用休息时间捡废品，花了几个休息日的时间，捡得腰酸背痛，才赚了四块五毛钱。我用自己的劳动所得给妈妈买了一束康乃馨。当妈妈收到这束鲜花时，激动的泪水在眼眶里打转。看到妈妈开心的样子，我心里甜丝丝的，捡废品的辛苦全抛到九霄云外去了。

第一部分　触手可及的幸福

寻找眼泪

黄帅宾

不知道为什么，在记忆中我好像没有哭过，从来没有掉过眼泪，俗话说"男儿有泪不轻弹"，但在我所记得的八年时间里我都没有哭过，这个太奇怪，流泪可是人体的正常调节，不流泪可不行，于是我下决心找回它——

我要先从"根儿"上找起，于是我去问妈妈，妈妈说："可能是你小时候太爱哭了吧，一天不哭个两三次都不罢休，这样哭过头了，现在才不哭了。哈哈哈……"太丢人了，原来我竟然是这个样子啊！但原来毕竟是原来，现在的我还是想找找哭泣的感觉。于是，我又去找别的办法……一回头，我突然看见了洋葱！这真是太好了，于是我拿起刀，就开始切洋葱，一边切一边嘴里还学着一句电影里的超搞笑台词"洋葱剁剁剁，眼泪流流流，洋葱剁剁剁，眼泪流流流……"妈妈听见切菜声，还以为我要学做饭，欢天喜地地走过来一看，失望了："你这是干啥呀？把洋葱切得这么碎？"我冲妈妈笑了，眨眨眼，还是没有流出眼泪来，可妈妈的眼睛却遭殃了，也不知是被感动的，还是被辣的，只见妈妈顿时热泪盈眶，真是一语泪双流啊！

可是，我的眼泪呢？——为了寻找眼泪，我切碎了整整五个圆溜溜的大洋葱，可居然一滴眼泪也没有引出来，我晕啊！

这时，楼下传来阵阵哭声，我跑过去一看，原来是一个小孩不知为什么哭了起来，只见他咧着嘴，皱着眉，那真是要多难看有多难看，要多狼狈有多狼狈。

那一刹那间，我明白了，为什么要寻找眼泪呢？人活着还是笑好看，不流泪就不流泪吧，笑好过一切，要是我能够一辈子总是这么笑着，那我的人生就一定是快乐的人生。

笑总比哭好啊！

真实的爱

郭 莉

今天，我看了电影《绒布小兔子》。故事讲述了一个失去母亲的小男孩托比，被父亲送到奶奶家生活。奶奶很严厉，小托比在阁楼上找到了妈妈留给他的玩具小兔子。从此小托比有了形影不离的朋友，无论是在虚幻的想象世界里，还是在现实的生活中，小兔子都是托比的依靠。但是后来奶奶和爸爸被托比的天真无邪感化了，揭下了世俗的面具，变得真实起来。

小托比很可爱，又很可怜。他一哭，我想为他擦眼泪；他一笑，我就和他一样高兴；他受了委屈，我就想安慰他。故事里，托比把小兔子弄丢了，他发疯一般地恳求奶奶让他出去寻找；奶奶将他关在屋里，他就蹲在墙脚下抽泣。当奶奶进来，手里拿着小兔子时，托比开心极了。他抱住小兔子，重复着说：我很爱你——小兔子——我爱你。然后他又紧紧地抱住奶奶，激动地说："谢谢您，奶奶，太感谢您了！"泪水渐渐融化了奶奶心中的冷漠。相信每个人看到这样感人的画面，都会像我一样潸然泪下。

"爱能让人变得真实！"当小托比幸福地说出这句话时，我多么希望自己也能拥有这样的爱呀！小兔子是一个善良、勇敢、伟大的朋友，它为朋友赴汤蹈火，牺牲自己，最后它复活了，变成了真正的兔子。我想，我有这样的朋友吗？我能成为别人这样的朋友吗？但是，我相信，只要我们付出爱，就会拥有同样爱我们的家人和朋友。

《绒布小兔子》告诉我：爱能让人变得真实，也能让被爱的人变得真实。

"爱能让人变得真实，也能让被爱的人变得真实。"这句话说得多好啊，爱让我们真实地哭，也痛快地笑，爱更能让我们获得勇气、力量、梦想……它是生命的源泉。

风

戚浙拓

柔和的风，凉爽的风……

深秋将至，校园里寒风瑟瑟，一阵猛烈的风吹过，让人感到寒冷刺骨，而风仍持续不断。中午时分，风一点点地柔和起来，不再寒冷刺骨，不再直穿肺腑，变得凉爽舒适，轻拂人的脸颊；到了下午，风几乎没有，垂柳也耷拉着脑袋，偶尔，微弱的风声萦绕耳畔，让人感到神清气爽。

风，一部人生的缩写史，从人的年轻力壮一直记录到人的满头银丝，从未间断。年轻时的风最猛烈，朝气蓬勃，点点滴滴都渗透着力量；中年时的风舒服安逸，点点滴滴都散发着温暖的气息；老年时的风微弱喘息，举步维艰，点点滴滴都透着衰老的气息，直到最后逝去，风停浪止。这就是人生，如风的人生。

感悟风，感悟风中的人生；领悟风，领悟风中隐含的奥秘。

风，无处不在，需要时，它便会到来，带给人凉爽，却不要回报，它似义工，全心全意帮助别人，哪怕没有起到什么作用，它也心安理得。它扬起人们乌黑的头发，抚慰人们受伤的心灵，只要有它在，人的心就没有黑夜。

风，我爱风，爱那变幻莫测使人陶醉的风……

我战胜了紧张

周林美

别看我性格外向，但一到关键时刻，就紧张得不行。关于这方面的经历，不知有过多少回。

记得有一次，数学老师出了一道思考题，我三下五除二就想出了解题思路，并踊跃地举起了手。当老师叫到我的名字，我一站起来，脑海里一片空白，紧张得愣是说不上来，只好尴尬地坐下。老师说我是茶壶里煮饺子——有货倒不出，要想以后战胜紧张，只有多锻炼。

五年级开学后，班主任老师宣布"班级值日官"竞选活动，大家可以毛遂自荐。一听这好消息，我就跃跃欲试，不想再错过锻炼的好机会。晚上，我先准备好竞选词，仔细修改后并熟读了几遍。竞选活动开始了，前几位上台的表现都不错，我不禁有点胆战心惊了。我能行吗？这时，老师用目光扫视着全班，渐渐落在了我的面前。"我们欢迎周林美同学上台！"伴着掌声，我信心百倍地走上了讲台。看到台下五十多双眼睛注视着我，我先深呼吸了几次，心里默默鼓励自己：周林美，你昨天可是做了充分的准备，关键时刻可别"掉链子"啊。我清了清嗓子："拿破仑有句名言'不想当将军的士兵不是好士兵'，这句话给了我很大的启发。当好'班级值日官'，我觉得应该做好以下三方面的工作……请大家相信我，支持我，我会努力的！"演讲完，全班爆发一阵热烈的掌声。回到座位后，我才感觉手心不知啥时渗出了汗，脸上也有点发烫。

回想参加竞选活动，我不仅当上了"值日官"，最大的收获是战胜了紧张。其实，紧张就是一开始的云雾，只要你拨开这层云雾，就能见到灿烂的太阳。

013

读书的滋味

郭义玲

读书，回想起来可谓是有滋有味，就像是吃菜一样，什么味道都有！

地瓜挂浆——偶尔看到了几本好书，所得的知识甚多，心里面很是高兴，像吃了蜜一样甜。有时读着读着，耳边回响起书中经典的句段，心中无限地澎湃，甚至在睡梦中仍有余音绕梁的感觉。

煸炒苦瓜——在辅导报上读着同龄人的文章，真是自叹不如，苦不堪言。同样是接受教育，同样是一个题目，为何差距这么大，真是山外有山。于是，我努力学习，努力写作，不想再吃这样的"苦瓜"。

014

麻辣豆腐——文章中揭示了某人的恶习，某些人的行为，回想起来，自己也貌似干过这些事，心头一动，脸立刻便红了起来。像发烧了一样辣辣的，为此感到愧疚。这篇文章犹如警钟一般，回响在我心头，在以后的生活中一定要好好做人，不让这"麻辣豆腐"再送到我的嘴边。

猪肉烩酸菜——读史书的时候，看到了过去人们的悲惨生活，眼睛不禁一酸，已是热泪盈眶，当时的生活那么艰苦，可他们依然顽强地生活着，这些理性的内容让我的思想更加成熟，让我对生活更加热爱。

读书这道满汉全席我已吃个遍，它的滋味无法用言语一一表述。

网上那些事

顾雯婷

我可以毫不愧疚地说："我是一个老网民了！"的确，我操作起电脑来可是一套一套的，打字速度在班级中也是数一数二。呵呵，在这个时代，不会用电脑可真是落伍了呀！学校里也开设了信息课，更是让我们的电脑技术提高、提高、再提高。

上网可以学习到很多课堂上学不到的知识，也可以知道很多在"朋友圈"中不知道的事情，真可谓是"包罗万象"啊！但网上也有很多网络游戏，让一些同学沉迷于此，于是就一发不可收拾了，各科成绩下滑，挂上了一盏盏红彤彤的"大灯笼"。

最近，在网上已风靡了好长时间的一种"火星文"就是一个典型例子。这种文字大多以日文、英文、中文生僻字或特殊符号组成，很受一些网友的追捧，用来写日记等等，有些同学甚至连作业中也出现了奇奇怪怪的"火星文"。但是，假如这些文字继续流传，会带来什么样的后果？即使这种"火星文"确实很有意思，但这会给汉字的使用带来巨大的负面影响，如文字乱用，多加少加偏旁部首，意思也会相反。而且，对于我们这些正在学习汉字的小学生来说，"火星文"会将我们的汉字意识弄混。

汉字是我国五千多年来灿烂文化的结晶，也是我们中国人不可抛弃的语言文字。作为一个中国人，怎么能容忍其他人来玷污我们优雅的汉字，汉字的美丽需要每个中国人共同维护！

015

第一部分　触手可及的幸福

世上无难事，只怕有心人

姚聪聪

从小到现在，有一句格言对我的启发最大，这句格言就是："世上无难事，只怕有心人。"自从发生了那件事后，我对这句格言有了更深的体会。

去年暑假，我参加了学校的鼓号队，每天早晨集中进行训练，老师说要去参加区里的比赛。我在这个队里是吹小号的，我们在练低音的时候，汪老师进来了，要我们把低音部分演奏一遍给老师听。我们一个一个轮过去，都一一通过了，汪老师也很高兴，对我们说："我们已经把低音部分吹得很熟了，今天我们要学高音部分了，老师先来教你们。"说完，老师讲了演奏的要点，还示范了一遍，然后要我们练习，谁知那高音很难吹，于是老师让我们回家再练，主要先把高音吹出来。到了家，我马上拿出小号吹了起来，没想到我鼓足了劲儿，就是吹不出来，这样练了一会儿，我的脸都涨红了，"这么难练，不练了，不练了！"我一边嘟嘟囔囔地抱怨着，一边把小号放回了箱子。我把箱子放回房后，就躺在床上不想起来了。这时，爷爷进来了，爷爷对我说："世上无难事，只怕有心人。只要你肯认真努力地去做，一定可以成功地把这件事做好的。"我听了爷爷对我说的话，又重新拿出小号练了起来，一次，两次，三次……我试了一次又一次，功夫不负有心人啊，过了一个多小时后，我终于能吹出来了，这时，我无法抑制自己兴奋的心情，我一蹦三尺高，忍不住叫了起来："我成功了！我成功了！"

从那以后，"世上无难事，只怕有心人"这句话深深地印在了我心上，它是我取得成功的金钥匙。

溺爱，是一种灾难

邓雅匀

前几天，在《阅读80篇》上看到一幅漫画，使我的心情久久不能平静。

一个大人提着热水瓶不停地浇着花盆里的花。花儿都被浇得枯萎了。浇花人的袖口上写着"某些家长"，热水瓶上写着"溺爱"。哦，漫画是表达部分家长过分溺爱孩子，自以为是对孩子好，实际上是害了孩子。

这种现象在生活中十分常见，比如说：在上学放学的路上，有许多家长替孩子背书包，生怕孩子累着；有一些家长把牛奶送到学校，生怕孩子饿着……

为什么会有这种现象呢？我分析了一下。因为我们国家都是优生优育，每个家庭只能生一个，都是独生子女。家长们都把孩子当作掌上明珠，于是就过分地去保护，怕孩子受一点儿苦。其实这样不好，在溺爱中成长的孩子，以后的独立能力一点儿都没有，而且遇到困难也想不到办法去解决，有很强的依赖性……这些都是溺爱的危害。

"疯狂英语"的李阳在一档节目中被问及如何教育孩子时曾说，"我现在都不太管女儿了，都交给我妻子去做。因为我妻子是外国人。我觉得外国人教孩子比我们中国人教得好，最起码他们不会去溺爱孩子。有一次我女儿耍脾气，把一件衣服丢在地上。她妈妈就不停地用英文严厉地对她说'把它捡起来'。女儿就是不听。妻子就让我把孩子关到'小黑屋'里去。关了她半小时左右，进行自我反省后，妻子再让女儿把衣服捡起来。她马上就照着去做了。"要是溺爱孩子的家长怎么可能会有如此举动呢？

为了孩子的未来，请"某些家长"放下你手中不停浇着花的热水瓶吧！因为溺爱，是一种灾难！

友谊天长地久

蔡 昀

　　合上曹老师写的《青铜葵花》这本书，我已泪流满面。乡村男孩青铜与城市女孩葵花之间淳朴的友谊感动着我，使我的内心久久不能平静。

　　这本书以优美的语言讲述了城市女孩葵花跟随爸爸来到大麦地村，与青乡村哑巴男孩青铜展开了他们之间天长地久的友谊。他们两个以兄妹相称，整天形影不离，成了最知心的朋友。他们一起经历了恐怖的水灾和惊心动魄的蝗灾，这使他们的友谊变得更坚固，也使他们变得更乐观，更坚强。然而一切终究会有转折点。就在葵花12岁那年，命运将她召回了城市，而这对好朋友又怎样舍得分离呢？哑巴男孩青铜急得居然喊出了"葵花"。这使我的心灵受到了极大的震撼，同时也是生活在蜜罐里的孩子所体会不到的。

　　友谊，一个有着深厚情谊的词语，它改变了葵花和青铜两个人的命运，它也使两人在成长道路上蜕变了许多，懂得了许多，收获了许多，乐观了许多。我想如果青铜和葵花的条件不那么艰苦，不那么曲折，他们也许会生活得更好。但也许他们会缺少那份对友谊的执着、坚定。

　　放眼望去，大麦地的芦苇荡那么无边无际，那么让人心里没有底，在这片土地上呼吸，一种苦涩的清香扑鼻而来，其实这就是成长的味道。虽然遇到无数困难，但我们在成长，虽然我们摔倒过许多次，但我们也学会重新站起来，走到终点，品尝最后的甘甜，放飞年少时的梦想，坚定雏鹰展翅飞翔的理想。

　　或许，我们这些在蜜罐里泡大的孩子在他们的环境中会挫败，会放弃，因为我们已经习惯了被别人保护，习惯了他人创造的好条件。也许，我们可以试着思考没有旁人的照顾，放眼望去，在无边的成长道路上创造属于自己的宽敞大路，拥有一个灿烂的明天！

用爱心为安全护航

人最宝贵的东西是生命，生命属于我们只有一次。

生命很宝贵，又很脆弱，如果我们不精心去呵护，它就会像玻璃杯一样破碎。生活中，有太多太多这样的例子，触目惊心，令人心痛不已！有些人，横穿马路，酿成车祸！有些人，粗心大意，引发火灾！他们往往都是因为一时的疏忽，造成了"一失足，成千古恨"。

其实，很多时候，悲剧是可以避免的！只要我们有一颗爱心，时时注意安全，处处注意安全！我们就可以拒绝悲剧，远离灾难。

其实，安全就是一份爱心。过马路的时候，我们要一看二慢三通过，在红绿灯的指示下，在斑马线上缓缓通过，做到高高兴兴出门去，平平安安回家来。这就是对自己的真爱，对父母的真爱，因为我们的平安，就是父母最大的心愿！

其实，安全就是一种良好的行为习惯。安全用电，安全用火！插电烧水时，别走开；出门时，记得关好电闸！野外尽量不用火，用火时要注意安全，把火星全部熄灭才能离开！清明节来了，要特别注意安全用火！把生活中的小事做好，养成一种良好的安全行为习惯！

其实，安全就是一种责任。在任何时候，我们都要牢牢记住安全不仅是个人的事，也是大家的事。对别人负责也就是对自己负责。

同学们，让我们都付出一点爱，让爱心为安全保驾护航。

第一部分 触手可及的幸福

学会尊重别人

谢佳玉

同学董余、丁涵星期天到我家来玩儿，我一口一个"董胖子"地叫。当爷爷听到后，皱起了眉。等同学走后，爷爷神色严肃地对我说："玉玉，你叫人绰号是对别人的不尊重，更严格地说是对别人的一种侮辱。"我小声嘀咕："有这么严重吗？"爷爷说："你不是也遇到过类似的事吗？难道忘了？当时你什么感觉？"

听爷爷这么一说，我马上想起了几年前的那件事：我长得又瘦又小，看上去比同龄小朋友矮了许多。一次家里来了一个大哥哥，听到大人说我九岁了。那个哥哥就笑着大声说："哇！这么矮。我以为只有五岁呢！"旁边的大人都跟着笑起来，那一刻，我觉得好难堪。虽然那个哥哥没有恶意，可是我觉得自己受到了嘲笑。

今天，虽然我叫她"董胖子"也没有恶意，可是，这也是在无意中伤害了她，正如别人说我矮一样。在爷爷的教育下，我设身处地想了别人的感受，所以我以后一定要改，要学会尊重别人。这种尊重不仅表现在不叫别人的绰号，还要学会赞美别人。

生活就像一面镜子，你对它哭泣，得到的也是哭泣；你对它微笑，得到的也是微笑。所以，从今天起，我要尽可能地多关爱别人，给熟人一个问候，给陌生人一个微笑。

我要改掉粗心的习惯

姚雨佶

我是一个女孩，一个活泼开朗的女孩。你别看我每天蹦蹦跳跳、无忧无虑的，其实，我的烦恼也不少，最让我头疼的是我有一个坏习惯——粗心。

因为粗心，我常常不是在考试中丢了分数，就是在同学面前出洋相。有一次，班里举行英语单元练习，我竟因为粗心忘了在job（工作）后面加"s"，丢掉了宝贵的一分，望着这被扣分的单词，我只能唉声叹气："唉，可惜啊，可惜！"

还有一次，我上英语辅导班时，老师叫我翻译"班级里有6扇窗户"，结果我把"window（窗户）"中的"n"给忘了，变成了"班级里有6位寡妇"，逗得其他同学哈哈大笑。而我呢，是满脸通红，恨不得找一条地缝钻进去。

因为粗心，我还时常在家里闹笑话。星期六上午，妈妈要把我星期五穿的毛衣找出来清洗，可是妈妈找了半天也没找着。我也急忙找了一下，没找着。妈妈只好宣布：先吃中饭，下午继续。到了晚上睡觉时，我"啊"地叫了一声，妈妈听到我的叫声连忙赶过来问："怎么了？怎么了？"我不好意思地说："十分抱歉，我今天穿了两件毛衣，昨天穿的毛衣也穿在了身上。"妈妈气急败坏地说："你呀，哪点都好，就是粗心，这次饶了你，下不为例。"唉！这个坏习惯可把我害惨了啊！

粗心，这个多么令人讨厌的词啊，它让我出洋相，让我闹笑话。我一定要改掉这个坏习惯，不让粗心跟随我一起长大。

021

书包变奏曲

杨　雨

　　你知道吗？我家的书包会变"魔法"，爷爷的旧布书包"变"成了爸爸的阿童木帆布书包，爸爸的阿童木帆布书包"变"成了我的米奇滑轮多功能书包，这是怎么回事呢？请听我慢慢道来：

　　50年前，我家住着低矮的土坯房，可谓一贫如洗。还不懂事的爷爷刚跨进学堂的大门，就吵着要一只书包。太奶奶便把家里的破旧衣服找出来，七拼八凑，做成了一个大口袋，配上两根布条，书包就此"诞生"了。这只书包成了爷爷的宝贝，伴随着爷爷一直到现在。每年，爷爷都会把书包拿出来晒晒，也总会教育我一番："苦日子熬出了头，你们可要感谢共产党噢！"

　　25年前，我家住上了宽敞的大瓦房。爸爸到了入学的年龄，爷爷卖掉了家里的一头猪崽，给爸爸买了一只"阿童木"帆布书包。爸爸当时高兴得不得了，白天拿着书包到处炫耀，晚上搂着书包睡觉。爸爸背着这个书包，升入了初中，考上了中专，成了一名技术人员。上次，妈妈整理老屋子，发现了这只书包，准备扔掉时被爸爸制止了。爸爸说："留着吧，它是我走向成功的起点，也是咱家走向富裕的见证。"

　　5年前，我家在镇上盖起了洋气的小别墅。我即将成为一名光荣的少先队员，视我为掌上明珠的妈妈，到城里买了一只米奇滑轮多功能书包送给我。在我入学的前一天晚上，我们一家吃了一顿团圆饭。爷爷特地把三只书包放在了一起，充满深情地说："三只书包，三个年代，这一切似乎还在眼前呐！来，让我们一起为书包的变化干杯！"不知怎的，我在举杯时想到了一句话，便脱口而出："也为祖国妈妈的变化干杯！"长辈们听了，先是一愣，随即哈哈大笑起来，笑声久久在屋子里回荡……

背　影

樊　晌

"快点儿，儿子！下雨了！"妈妈一只手拎着一个大方便袋，另一只手遮住头，弓着腰，疾步奔向对面超市的屋檐下。高跟鞋敲打在路面上，发出"咯嗒咯嗒"的响声。我跟在妈妈身后，雨点砸在脸上，还真疼。

妈妈喘着粗气说："完了，这下我们回不了家了！"我把手撑在膝盖上，也上气不接下气地说："说不定有三轮车可以坐呢！"

"怎么可能？在这种天气里哪来的三轮车？"妈妈摇了摇头说。

忽然，像被一阵风吹来的，远处出现了一辆三轮车，我和妈妈有如见了救命稻草，手舞得像风车一样。

走近了！拉三轮车的是一位老人，约莫五六十岁，深黄色的脸上流着不知是雨水还是汗水，看上去十分瘦削。

"去哪儿？"他问。

我和妈妈说出了家的位置。

"5块。"他掉转车头，让我们上车。

"师傅，对不起，我们今天只剩两块了，待会儿我们回家拿钱给你。"妈妈向老人嗫嚅道。

"没事，快上车，别淋着你们。"他示意我们赶紧上车。

外面狂风呼啸，大雨倾盆，路旁的小树仿佛也没了挣扎的力量，只能随风摇摆。那位老人每踏一步似乎都很困难，仿佛正载着一块千斤重的石头。途中，他还不时地问我们冷不冷，淋到雨没有。

到了家，我们飞快地回屋拿出一张5元的纸币准备给那位老人时，他已经走远了，望着他远去的背影……我的眼睛湿润了。

之后有一次，我和妈妈去超市买东西，可超市又离我家比较远。于是我们叫住了一辆三轮车。我一看，啊！上次送我们回家没要钱的就是这位

老人！妈妈拿出5元钱，对那位老人说："师傅，上次我们还没给钱呢！这是上次的钱。"可是那位老人摇了摇手，把钱又塞回妈妈的手里，他用手擦了擦汗，说："不用了，上次的雨来得快，又那么大，好些人都在路边急等着回家，他们回不去怎么办？家里人一定会担心的。不就5元钱吗？我挣得来！"说着，载着我们到了超市。下了车，我们付了钱，我心想：这位老人靠三轮车挣钱，一天能挣多少？多可敬的老人啊！

下了车，我还站在原地，那三轮车"吱呀吱呀"的声音越去越远，我呆呆地望着他消瘦的身影消失在远方，泪水再一次夺眶而出……

桂花飘香　快乐蔓延

许子玲

秋天在悄然无声间又来到了，每年的这个时候，我都会情不自禁地想起爷爷家门前的桂花树。那桂花树长得特别茂盛，满树的小黄花娇娇嫩嫩躲在绿叶中，那么可爱，似乎还有点羞羞答答。

人们喜爱桂花，不仅因为它那朵朵小黄花的美丽，更多的则是因为喜欢它所散发出来的香味。一到桂花盛开之时便花香四溢，飘得满院满村都是。这个时候也是爷爷最忙的时候，爷爷总会小心翼翼地摇桂花，捡桂花，晒桂花。东家送一把，西家给一撮，忙得不亦乐乎。全村人都能喝上桂花茶，吃上桂花糕。于是，每年的这个时候，桂花香弥漫着整个村子的人。

星期天，我和妈妈去看望爷爷。见到枝繁叶茂的桂花树，妈妈说要折几枝桂花到办公室里去，让同事们能在桂花香中工作，那将会是一种享受！于是，我就帮着妈妈折起了桂花枝来。突然，我转念一想，对，我们的教室里为什么不能也放上一束呢？那样，我们的老师、同学也可以闻到桂花香了，让大家都来分享这沁人心脾的花香，那该多好呀！我为我的想法而欣喜。于是，我更小心地折着桂花枝，挑选藏着更多小黄花的枝条，摘着，闻着，笑着……

第二天，我早早起床，手捧着桂花，桂花香跟随着我一路飘进了教室。一束放到了讲台，一束放到了窗台，小黄花藏在碧绿碧绿的叶子中，还是那么静悄悄地开放着，还是那么静悄悄地散发着香味。

"呀，真香啊！""哇，好香啊！""是谁带来的桂花啊？香味那么甜！"……同学们陆陆续续地走进教室，立刻欢呼雀跃了起来。我看着同学们一张张绽放的笑脸，喜悦之情油然而生。那桂花的香味似乎听到了同学们

的笑声，似乎感受到了我内心的快乐，更浓烈了。

爷爷家的桂花香了村庄，乐了村民；妈妈把桂花带进了办公室，香了办公室，乐了同事们；我把桂花带进教室，香了教室，乐了同学和老师，花香在蔓延，快乐在蔓延……

相信自己

洪嘉蓉

自信是一只鸟儿，在蔚蓝的天空中飞翔，谁抓住了它，就抓住了希望的翅膀；自信是一艘快艇，在浩瀚的大海上游弋，谁登上了它，就能在生活中的海洋上扬帆远航……

一年级的时候，在课堂上高高地举起手，不仅仅为了求知，也莫名其妙地夹杂着炫耀，仿佛那举起的手正是骄傲的凭证。再大一些，课堂变得好静，静得让人透不过气，突然我意识到我忘记了"举手"这一回事。但很快发现了，那些逐渐粗壮的手都轻轻地无力地垂着。

就在这时，我多么希望自己能再带上低年级时的稚气，勇敢地举手发言，但心中有一堵墙，堵住了我那份即将失去的"自信"。"啊，难道就这样轻易放弃这一次千载难逢的机会吗？我不是一直想高高地举手吗？这个问题是我懂的！"我思忖了一会儿，心中的"自信"趾高气扬地对"高墙"说："我就不相信，用精卫填海的决心砸不了你这堵废墙。"就这样，心中的"自信"越过了"高墙"。我高高地举起了右手，老师环顾了教室一圈，惊奇地看到了我，迅速叫道：洪嘉蓉。这时，我从座位上慢慢地站了起来，涨红了脸，似乎有千万双眼睛直盯着我，我用轻轻的、略带颤抖的声音回答了老师的提问，在羞涩中坐了下来。

坐下时，我明白了，原来举起手是那么简单，只是轻而易举的事情。因为我心中有一份自信，它鼓励着我。

027

第一部分 触手可及的幸福

电梯也低碳

陈奕旸

暑假，妈妈带我去杭州大厦。街上车水马龙，汽车喇叭声、马达轰鸣声、人群喧闹声交织在一起，让人有些心烦。大白天的商场里灯火通明，空调开足了马力，可空气还是显得异常沉闷。我忽然觉得，城市虽然繁华，但总像缺了点什么，到底缺少什么呢？我感到茫然，心情不由得低落起来……

到了大厦的电梯口，我们按了按钮等待观光电梯的到来。此时的电梯尚在其他楼层，电梯间里空无一人，我发现它运行非常缓慢，像蜗牛般慢腾腾地挪动。我纳闷了：这电梯怎么有气无力的走得这么慢呢？是坏了还是没有电了？可奇怪的是等我们上了电梯，它马上又有了龙马精神，恢复了该有的速度，"嗖"的一下就把我们运送到指定的楼层。

这电梯到底怎么了，为何忽慢忽快呢？我问妈妈。她答道：没人的时候电梯运行慢一些，就可以减少消耗，就能节省电啊。

"我还不太明白。"就打破砂锅问到底。

"电梯运行慢一些就可以省电，减少排放二氧化碳，这就是低碳、环保呀！"妈妈说。

我恍然大悟，原来电梯也可以"低碳"呀！现在全球都在倡导"低碳"生活。这是因为人们以前的生活太"高碳"了，不节能，使很多的资源被浪费、破坏，甚而枯竭，气候变得异常，地球也不堪重负。所以为了人类共同的家园，大家应当行动起来，从身边的小事做起，及时关灯、关电脑、关水龙头……杭州大厦减缓无人时电梯的运行速度，虽是小事，但这不正是人们重视"低碳"生活的一个缩影吗？

看来，虽然城市生活还是有些奢华、喧嚣，缺少一些宁静、质朴，但人们毕竟已经注意到这一点，正自觉或不自觉地追求低碳、环保的生活方式，努力找回失去的东西，相信今后的城市生活将不会再有缺憾。想到这里，我的心情又明朗起来……

感谢生命

颜廷健

记得海伦·凯勒在自传中这样写道："我感谢大自然给予我温暖的阳光，我感谢父母给予我敏感的触觉，我感谢我的老师给予我美妙的知识……"海伦身患盲、聋、哑多重残疾，但她怀着感恩之心面对不公，她甚至还感谢上天给予她的不幸，她认为正是不幸使她比常人更加坚强，更加不屈不挠。最终海伦克服了重重困难，奇迹般地成为一名伟大的文学家。

小时候感冒发烧，由于医生用链霉素过量，我3岁时就告别了有声世界。从此，我再也听不到美妙的歌声，感受不到婉转的鸟鸣……我曾经痛恨过，也曾经抱怨过，但这些都不能改变严酷的现实。对照海伦，我感到自己的渺小与无知，我应该向海伦学习，学会感谢生命！

感谢生命，感谢她给我灵巧的双手。让我能随心所欲地打出各种手语，与别人正常地交流，表达自己的真实想法。

感谢生命，感谢她给我明亮的双眼。看花开叶落，看春华秋实，看缤纷多彩的万物，看五光十色的世界。

感谢生命，感谢她给我丰富的情感。高兴就欢呼雀跃，悲伤就痛哭流涕，遗憾就捶胸顿足，激动就手舞足蹈……毫不遮掩，痛快淋漓。

感谢生命，感谢她给我聪慧的大脑。让我记住老师的教诲，父母的叮嘱，精彩的瞬间，激动的时刻，温馨的情景，甜蜜的镜头……

感谢生命，明天必将更加美好！

第一部分 触手可及的幸福

心灵的震撼

洪土堆

中午，天气热极了，真让人心烦气躁，我在门口的龙眼树下乘凉。突然，我发现不远处有一群鸭子，不知谁家的，它们正旁若无人地觅食，还不厌其烦地呱呱叫着。这时，我想到邻居家的几只鸭子，三天两头就到我家门口拉屎，害我一不小心就踩到"地雷"，还引来一群群的苍蝇。看到这群鸭子，我心中就生起一股无明火。于是，我恶向胆边生，随手就抓起地上的两块石头，用力砸向鸭群。鸭子吓跑了，我再定睛一看，呀，不巧，其中一只鸭子估计被砸中脑袋，像脑震荡似的，倒在地上，它拍打着翅膀，两只脚直直地蹬着，痛苦地挣扎，眼睛里露出哀伤的神色。

我惊呆了，心怦怦地跳，一下后悔了，不禁自责："它和我无冤无仇的，为什么要伤害它呢？"看样子，它八成活不了了，要是被主人发现，又该怎么办？我心里默念着："鸭子，你可别死啊……"硬着头皮走上去，抱起鸭子，把它放在树荫下。一会儿，情况有了好转，它可以蹲着了，但头摇来晃去，可能被砸晕了。我稍微松口气，但神经还是绷得紧紧的，眼睛死死地盯着鸭子，担心它又突然倒下去。

再过一会儿，鸭子头不晃了，它站了起来，摇晃着走了几步，休息了一下，用不稳的脚步走向它的同伴。鸭群呱呱地叫了起来，仿佛在庆祝同伴的平安归来。我终于放松了神经，大大地喘了口气。

回想起这一幕，我的心久久不能平静。真悬啊，差点因为我的一个恶念，一个可爱的生命就断送在我手里，要是那只鸭子真死了，我恐怕会一辈子良心不安啊！

一个念头在我的脑海中闪起：人与动物间都应该和谐相处，那么，更何况人与人之间呢？

和一本书一起旅行

赵卓鹏

英国作家尤安·艾肯曾问道："如果你独自驾舟环绕世界旅行时，只能带一样东西供自己娱乐，你会选择什么？"面对这个问题时，我的脑海中一下子就浮现了各式各样的好吃的、好玩的东西。可是作者的回答却让我大吃一惊："我选择一本书！"

后来尤安·艾肯便带上一本书，驾舟环绕世界旅行了。当这次旅行结束，尤安·艾肯竟能把这本书背下来！"读一本好书，就像在和许多高尚的人谈话。"一人独自旅行，全身心地投入书中时，你仿佛在与作者对话，在与主角交谈，再以自己的角度去品味、去思考。就如尤安·艾肯所说，不管你看多少遍，总能从书中发现新东西。有书陪伴，我的整个旅行充实了许多。是啊，一本书竟有如此奥秘，我们应该感谢它！

"书犹药也，善读之可以医愚。"书本好比是一种良药，一个人善于读书了，可以医治愚笨。"熟读唐诗三百首，不会作诗也会吟。"当你孤单时，拿起书吧！他会给你一种依托。当你悲伤时，拿起书吧！他会抚平你心中的伤痕。当你善于读书时，你可能就会发现你聪明了很多！

"我扑在书上，就像饥饿的人扑在面包上。"书是最好的粮食。它是精神食粮，是知识的宝库，储藏着无穷无尽的食粮。当你觉得脑中空空，就让书来填饱你的大脑，让源源不断的知识甘乳流进你的大脑。当你脑中"饱饱"时，回过头来感谢书吧！

书是我的良师益友，在读书中成长，在读书中寻找乐趣。假如有一天我也要远游，那么我也要带一本书，陪着我一起旅行。

031

第一部分 触手可及的幸福

轻轻地关上门

熊周义

我喜欢乡下的老家，那儿是我快乐的天堂。我可以大声歌唱，我可以自由飞翔。可是现在我不能了，因为我有了一个新家，在一个小山城。爸爸常说：咱们的窝在一幢大楼里，集体生活的地方，得约束点儿自己。唉！这日子！

爸爸从乡下调到小城教书，妈妈说我沾了爸爸的光——在城里读书。开始我觉得也是，可是，时间一长我就觉得挺郁闷。唉，城里学校事儿真多，今天学规范，明天讲礼仪，一不留神就出格了。

有一次，我一时高兴，叠了个纸飞机，从教室飞到了外面，碰巧老师端着一叠作业本走了过来，她招手让我过去，我这个小组长又要发作业本了。呵呵，这个我很喜欢。没想到老师把作业本放在了窗台上，牵起我的手，来到小飞机旁，帮我拾起纸飞机。老师问我："废纸的家在哪儿？"我不好意思地把纸飞机扔进了垃圾桶。"见了纸屑弯弯腰，不让纸屑到处跑。"我怎么就忘了这个呢！

文明礼仪活动在我们学校如火如荼地开展着，同学们的面貌在不知不觉中改变了很多，当然我也是。

我喜欢唱歌，虽然唱得不怎么好听，但我在回家的路上总爱吼上几嗓子。在楼道里，爸爸说，你这样大声会影响别人，是什么"讲文明、懂礼仪"的小学生啊！哦，原来影响别人也不够讲文明啊！

有一天，我用透明胶把一卷纸粘在门框上，妈妈问我做什么？爸爸想了想说："小义是不是觉得关门的声音太大影响了邻居啊！"我说："有时我们忘了关门，风把门关上的声音太吵了，这样声音会小点儿。""哦，做得对，小义知道关心别人了。轻声关门也是学文明礼仪的成果啊！"爸爸笑着说。

哦，做这点儿事也能得到表扬，嗨，这日子。难道我也学会了文明礼仪，不，我只是学会了轻轻关上门……

三 双 手

陈亭宇

　　手，或完美，或残缺，或纤细，或粗壮。就是这双平凡的手，为我们撑起了一片蓝天！

　　有时，我会仔细看着奶奶的一双手。奶奶的手，细细的，瘦瘦的，上面是星星点点的老人斑，还有几条凸现的青筋，手心有点发黑，好似没有血色，手上的纹路不是很清楚。我猜，是岁月调皮地擦去了奶奶手上的纹路。摸摸奶奶的手背，有点凉，好粗糙，皱纹一条又一条，如果，有一辆很小很小的汽车从上面驶过，我想，一定会被抖出"脑震荡"！细细地看，奶奶的手，更像一座又一座起伏的山丘。摸摸奶奶的手，像是一块没打磨过的石头。岁月在奶奶的手上留下纪念，风霜在奶奶的手上留下思念。

　　哦！奶奶就是用这样一双手为爸爸撑起蓝天！

　　有时，我也会认真看着妈妈的那双手。妈妈的手不细不粗，有少许皱纹，还有一块做事时留下的伤疤。那手是黑色的，上面的青筋若隐若现，就像是在和我们玩儿着捉迷藏，你要看它的时候，它故意让你看不见，而你不在意的时候，它却出现了，真是调皮。妈妈的手心略白，纹路清清楚楚，就是有几个不大不小的伤疤，我猜想是在劳作中留下的。妈妈的手，还有点红润，似乎在显耀着现代生活的富足。摸摸妈妈的手，不是太过粗糙，嘿，还有点滑，岁月还没到来吗？再仔细摸摸，哈，在指根上有浅浅的茧，原来是岁月给了妈妈小小的惊喜。太阳给妈妈的手留下了美丽的颜色，工作给妈妈的手刻上了它的印记。

　　哦，妈妈就是用这双手为我撑起了一片蓝天。

　　有时，我还会观察自己的手，我的手，白白胖胖的，细腻又光滑，手上的青筋难以捕捉，纹路乱而美观。手心白里透红，透着一股朝阳之气，纹路清清楚楚，美丽极了。摸摸自己的手，滑滑的，如丝一般，没有妈妈和奶奶的老茧，只有"平坦道路"的舒心。我的手，岁月不敢入侵，为什么呢？因为我的手有奶奶的"六味滋补汤"养着，妈妈的"防晒霜"护着。

那么，我要为谁撑起一片天呢？

对！我的手可以为变老的奶奶、妈妈、爸爸……撑起一片天！

将来，我的手会变得很大很大……

成功在于坚持

陈俊汐

2010年9月1日晚上7点30分，我早早地坐在电视机前，等待着《开学第一课》的播出。近两个小时的节目中，我印象最深的就是马云叔叔的事迹了。

马云叔叔是"淘宝网"和"阿里巴巴"网站的创建人，当他和同伴们说出要创建让中国人感到最骄傲的网络公司时，别人都瞧不起他们，认为他是在痴人说梦，一个投资者曾戏谑说："如果你们能实现，我的名字倒过来写。"马云叔叔并没有把这些嘲讽放到心里，而是暗下决心：我一定要成功！从此，他与同伴们从一点一滴做起。他们没有钱租写字楼，就在马云叔叔家里办公，最多的时候一个狭小的房间里竟坐了35个人。他们日夜不停地设计网页，讨论创意和构思，困了就席地而卧，每天16小时—18个小时像野兽一般疯狂地工作着。终于，苍天不负有心人，到目前为止，阿里巴巴网站和淘宝网都蜚声海外，闻名遐迩。他们，成功了！

看到这里，我不禁想起了自己学习舞蹈时的情景。记得那时每一次做练习，老师让做的动作，我总是做不好，有时老师叫劈腿倒立，我不会做，老师就来帮助我。开始，那些舞蹈动作很简单，随后动作难度越来越大，直到我再也无法忍受，我哭着喊疼。甚至以后，一听见"舞蹈"就发抖，最后，我无奈地放弃了。

和马云叔叔比起来，我觉得自己的意志力是多么脆弱啊！难道我练舞蹈的疼痛能和马云叔叔们遇到的困难相提并论吗？从这一点来看，我的意志是多么薄弱呀！

坚持、坚强，这两个词非常普通，二年级的孩子都会认都会读，可是要真正懂得它们的深刻内涵，却需要用心去体会。而通过马云叔叔的故事，我明白了坚持、坚强是成功不可或缺的条件，我想我要从现在开始，学会坚持和坚强，那么属于我的成功就一定会到来的。

温暖的座位

童刘奕

　　星期一，妈妈带我去医院看病。看完病，我和妈妈从医院出来，坐1路公交车回家。车上人特多，原本就狭窄的车厢过道被堵得水泄不通，还发着低烧的我好不容易才挤到了"老弱病残专座"的旁边。过了两站，坐在这个座位上的阿姨下了车，我赶紧坐了下来。

　　公交车行驶到下一站，上来了一位白发苍苍的老奶奶。她蹒跚地走到了我旁边。这时，妈妈拉了拉我的衣角，提示我给老奶奶让个座。可我心想：车上人这么多，距离家还有五六站，如果站着肯定不舒服，算了吧，那么多人都坐着，他们也没让啊，况且我还发着烧呢。我装作不知道，眯着眼睛仍坐着不动。

　　荔城大道正在实施"白改黑"工程，地面被打桩机钻得坑坑洼洼的，车子一路上颠簸得厉害。我稳稳当当地坐在座位上，而老奶奶则拉着栏杆一路晃晃悠悠的。这时，车厢广播里传来韦唯高亢的歌声"只要人人都献出一点爱，世界将变成美好的人间……"我不禁被触动了，我怎么只考虑到自己站着会不好受，而没想到一头白发的老奶奶站着的感受呢？我是个9岁的孩子，正是早上七八点钟的太阳，而老奶奶已经是傍晚的夕阳了，我这么做真是太不应该了……我不敢再往下想，赶紧站起身，扶着老奶奶坐到"老弱病残专座"上。老奶奶连声道着谢，周围的人向我投来了赞许的目光，我也感觉充满了快乐。

　　"帮助他人，快乐自己。"这句话说得真有道理。如果人人都能怀有一颗爱心，从身边的小事做起，用实际行动去关爱他人，让温暖的火炬传递下去，那么整个地球一定会永远像春天一样充满生机与活力。

　　多去关爱他人吧，帮助他人的同时，你也一定会得到快乐！

037

第一部分　触手可及的幸福

收获意外的幸福

李昊志

生活是美好的，美好的生活中往往蕴含着许多意外的收获。

有时候，我们会意外地收获一丝温暖。因为天气有点冷，我加快脚步往教室里赶。忽然，有声音传入我的耳朵里："同学，你的钱掉了！"我停住了脚步，惊异之余摸了摸口袋，果然掉了，这时，掉了的5元钱递到了我手上。在这寒冷的冬日，他的善意让我觉得很温暖。我想，这小小的善举带给了我意外的收获，就是这份温暖，让我收获了一份纯真情谊。

有时候，我们会意外地收获一份感动。运动会的最后一个项目是100米项目，全场的人不由得凝神屏气，一刹那，一个个起跑姿势出现在眼前。那一刻，我觉得时间凝滞了。看着那紧绷的肌肉从厚实的校裤中凸显出来，再看着那撑在地上的坚定的双手，预示着一种激情将从这里一涌而出。那一刻，我仿佛正与一种拼搏的魅力对视。我顿悟，生活就该以拼搏的精神去面对。也许，就在这时，收获了由拼搏的精神所带来的感动。

有时候，我们会意外地收获分享的快乐。"快看，太阳出来了！"正赶着上学的我连忙抬头。真的，一轮红日从东方喷薄而出。同行的人都停下脚步，一同分享着这种美景！我突然感到了这种快乐的可贵。当快乐被大家共享时，也就随之不同了。因为，我们都意外地收获了一种分享的喜悦与快乐。

生活中并不缺少收获，不是吗？我们每天都在意外地收获着，比如温暖，比如激情，比如快乐。生活的魅力也源于此吧！意外的收获，不也是生活中一次次珍贵的体验吗？请打开你生活的行李包，去体验一下你的意外收获吧！

第二部分

窗　外

　　喜欢一首歌是因为它的旋律；喜欢一篇文章是因为它的内容；喜欢一幅风景画是因为画上的景物；而我喜欢窗外，喜欢窗外的可爱，窗外的唯美，还喜欢有着我梦想的窗外，更喜欢窗外是因为那彩虹色的天……

——石净凡《窗外》

和自然聊天

康婉茹

走在一条漫漫长路上，生活如此单调，每天只是走呀，走呀！我埋着头，顾不上两旁四季更迭的景物与林立的高楼，努力地走着，尽管这路没有终点，但是我一点也不敢放松，因为在我身边，有一些同伴被我甩到了身后，有些同伴却超越了我。我像一匹疲倦的小马，却因扬起的皮鞭和伙伴的追逐弄得喘不过气来。

一天，我累了，这才发现，原来身边的景物如此美妙，道路两旁百花争艳，绿草如茵，天空纯净，白云飘飘。

瞧，草丛中百虫起舞，各色不知名的野花散发着芳香，枝头挂满了沉甸甸的果实，蓝天上小鸟展翅。这时，传来了大自然的声音，它通过燕子告诉我："春天到了！小溪欢乐地流淌着，万物正在竞相生长。春季是个忧愁的小女孩，春雨是它的眼泪，不过可别恼，正是这丝丝的春雨滋润了万物。"我索性躺在草丛中，和大自然沟通，感觉自己与自然融合了……

夏天就更热闹了，听，各种小虫儿都开始出现，爱说"知了，知了"的蝉，尾部像灯笼一样的萤火虫……这时也是开花的时节，看，通红通红的牡丹、喇叭似的牵牛花……它们纷纷用美丽的颜色和嘹亮的鸣叫告诉我：夏天来了！

我问大自然："你天天都这么美丽，如此的开心吗？难道你不怕输在起跑线上，你就没有目标了吗？"

"何为目标，何为起跑线，既然没有终点，又何必设什么起跑线呢？只要活得快乐、有意义不就可以了吗？"顿时，我哑口无语了。是呀，既然没有终点，又何必在意起跑线呢？

转眼秋天到了，草木枯萎，小虫儿都躲了起来，小动物们也一片忙碌，都在为过冬做准备。

这时，我问："现在呢？一切不是完了吗？现在还开心吗？"大自然回答："当然，你看那纷飞的落叶，不正像一只只蝴蝶在翩翩起舞吗？"

它又用手拉开了一段枯木，眼前顿时出现了一片金黄的秋菊地。"其实，世界上不缺少美，只需要在忙碌中多一双发现美的眼睛就行了……"

冬天到了，刺骨的寒风呼啸而来。远远望去，出现在眼前的是一片光秃秃的土地，大地一片安详。我也在这安静中沉沉睡去，睡得是那样安稳，以前在最深最深的夜晚，都不曾如此安心。我觉得全身都放松了，尤其是那双不停奔走的脚，蒙眬中，我仿佛听到了自然的摇篮曲，是那样悦耳动听……

现在，我依然在那条大路上穿行，但不像以前，只关心成绩，低着头走。我开始喜欢仰望，学会享受学习的过程。我发现，原来世界是如此美妙，自己的生活是如此美好……

窗　外

石净凡

窗外，一片晴朗。

温柔的阳光像金色的光辉从窗外涌来，明亮的碎片在湿润的空气里，她好像眷顾着我似的，悄然而至。每当我坐在窗前，看着那天空，眼睛里仿佛闪烁着蔚蓝色的光线，有层次的蓝色，使我不由得赞叹她的美丽与高贵。窗外，有着宝石光芒的天空，洒满阳光。

朝气蓬勃的蒲公英仿佛不眷恋她的母亲，雨滴好像也不考虑天空的心情，这两个任性的孩子，撞到了一起。墙边的野花，向泥土招手，要送给他心爱的礼物。风筝线牵动着我的思绪，飞向蓝天，在草地上，白云和风儿好像也为我跳舞。窗外，蓝天、绿草、野花和我一起快乐。

冬天在一场大雪中来了。向窗外看去，一切银白，白得没有浑浊的地方。窗子上有了一层霜，霜上正是一棵棵松树，傲然挺立在风雪中。窗外下着雪，纷纷扬扬的雪花，落在光秃秃的树枝上，那树好像披上了一件银白色的大袍子，更加漂亮。孩子们在空地上堆雪人、打雪仗，玩儿得多开心，我也好想加入游戏之中。可爱的我们，小时候的无忧无虑。

喜欢一首歌是因为它的旋律；喜欢一篇文章是因为它的内容；喜欢一幅风景画是因为画上的景物；而我喜欢窗外，喜欢窗外的可爱，窗外的唯美，还喜欢有着我梦想的窗外，更喜欢窗外是因为那彩虹色的天……

啊，白梅

李晓帅

　　山路在这里转了个弯，黄昏的天空暗暗的，雪伴着风，轻轻地落下，把这里染成了一个雪白的童话世界。

　　路边，一株老树引起了我的注意，枝干苍劲有力，岁月在它身上留下了痕迹。粗壮的主干带着刚劲的小枝，正和风雪搏斗。不觉间，飘来了一缕幽香，定睛细看，在雪的覆盖下隐约有几朵洁白无瑕的花绽放。啊，是梅花！

　　它，勇敢得像一位战士，在风雪中守护着大山；它，美丽得像一幅画，在这幽幽的山林中，唯有它拥有淡淡的色彩；它坚定得像一个使者，用暗香报道春天的到来。看那些花啊，是那样的洁白，几乎和这漫天的雪色融为了一体，唯有细细观察，才能察觉到它那可爱的轮廓。那些含苞待放的花朵也是那样生机勃勃，富有朝气。它虽然小，可是依然在风雪中傲然挺立，仿佛在自己开放的时候，春天就会来到。你仔细看啊，还有一些已经半开的，那样的羞怯，仿佛一位柔弱的少女在寒风中让人发现了她勇敢的心。天空中，最后一缕阳光已经散尽，月亮朦朦胧胧地从东方缓缓升起。雪越下越大，枝干上落满了雪。花上的积雪越来越多，可是没有一朵花向积雪屈服，它们仿佛在这恬静的月光中沉沉睡去。可是，在它们的梦中不再与大雪搏斗，而是静静地欣赏着自己的美丽。雪渐渐地渗透到花蕊中间，映着月光，仿佛一块剔透的水晶点缀其中。这雪中的白梅显得异常安详，它是那样的美丽、可爱。

　　在这漫天的雪中，我伫立不动思考着。透过这梅花，我仿佛看到了它对名利的淡泊，不做牡丹在四月暖阳中开放，不做桃花在春日里生长，也不做山茶在肥料充足、水源丰富的温室里开放，它从来都做最真实的自己，迎着风开放，伴着雪送香。它是那样的富有个性，开放于刺骨的寒风中，没有蜜蜂陪伴，没有蝴蝶舞蹈，只有纷飞的白雪，"梅须逊雪三分白，雪却输梅

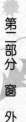

第二部分 窗外

一段香"；它是那样的潇洒，花开花落从来干净利索，不拖泥带水，要开便开，要落便落，宁折不弯，没有一丝的眷恋和怀念；它是那样的坚强，"已是悬崖百丈冰，犹有花枝俏"；它是那样的高洁，"零落成泥碾作尘，只有香如故"；它是那么朴素又不引人注目，但是它依然开放，因为它深知"遥知不是雪，唯有暗香来"。

在生活中我们缺少这样的人吗？不，古往今来，有多少文人志士像这白梅一样，林和靖多么潇洒，隐居山林中，梅妻鹤子。"疏影横斜水清浅，暗香浮动月黄昏"。王冕多么淡泊，"不要人夸好颜色，只留清气满乾坤"。陆游多么执着，"王师北定中原日，家祭无忘告乃翁"。文天祥多么坚贞不屈，留下了"人生自古谁无死，留取丹心照汗青"的豪迈诗句……

一阵风吹来，吹落了这梅，吹乱了我的思绪。借着这幽幽的月光，我静静地走向前去，带着梅花的香气……

畅想春天

于千舒

冬婆婆带走了寒冷，在调色板上抹掉了银白色。春姑娘带来了温暖，在调色板上添上一抹翠绿。春风轻拂我们的脸颊，春阳播撒在我们身上，春雨滋润着我们的心田。对着天空大喊一声："春天来了！"

一年四季中，我最喜欢的季节就是春天了，因为春天代表希望，代表重生。

春天来了，万物复苏，大地回春。小草拼命钻出地面，柳树发出嫩绿的新芽。喜鹊在大树上搭窝。在我家的窗前有一块地，地里的小草都争先恐后跑出家门，来欣赏春天这幅优美的画卷。再向上看，一排高高的柳树整齐地站在那里，好像一排庄重的战士，正在等待检阅。在树的中央有一个喜鹊窝，窝里有两只成年的喜鹊不停地叽叽喳喳。好像在讨论春天的消息。每天早上都能看到它们在天空中翱翔。

春天来了，人们都换上新装，到野外踏青。那天，在去图书馆时路过南湖，无意间向里望了一眼，没想到里面都是人，草坪都被占满了，人山人海，黑压压一片。马路旁，停满了车。结果可想而知：堵车了！我想：大家为什么都要去公共场所，而不愿找一个安静的地方做运动呢？

春天来了，朵朵花儿争奇斗艳，都换上自己的晚礼服，来参加春天夜晚的舞会。我忍不住把这美景捕捉下来，留做永久的纪念。

春天是一个充满活力的季节。春天是一个充满阳光的季节。让我们用自己的眼睛去发现春天的美吧！

春姑娘的脚步

刘安生

春天真美啊！绵绵的细雨润醒了小草，润醒了迎春花，仿佛在告诉我们，春天来了！

春姑娘漫步在田埂上。迎面吹来阵阵春风，令人觉得舒服极了，因为春天不像冬天那般寒风刺骨，只是略带寒意。你看，那儿还有一棵刚刚苏醒的小草，充满着生机，正在迎风微笑着；一些不知名的小花儿，这儿一朵，那儿一簇地散落在田埂上，翠绿欲滴的蚕豆苗整齐地立在旁边。

春姑娘来到了庭院里。你看，迎春花头上缀满了黄色的花蕾，随着拂来的微风轻轻地摇晃着。咦？紧贴在房檐的绳子上的是什么东西呀？噢！原来是牵牛花呀！细嫩的花藤正紧绕着绳子向上攀缘，藤梢那片小绿叶还没有完全开放，如一只手在探索着，似乎要抓住什么一般；在一盆花面前，我站住了，久久地凝视着，绽开的花苞如同池塘中的荷花一样，粉红色的花瓣，金黄色的花蕊，多美啊！

春姑娘来到江畔边。你瞧，江水此刻正在"咕咚、咕咚"地响着，冰层已经开始融化，这全是春姑娘的功劳，她用自己温暖的胸怀将冰封的溪水融化开，面对着漫山遍野的美景，开始唱起了欢乐的歌。

看到此景，我不禁感叹：一年之计在于春！

春天的景色真美啊！别以为小草在冬天枯萎后就不会复生，原来并不是我想象的那样，小草在春姑娘的召唤下，重新展露绿色的生机。我不禁想到了白居易的一首古诗《草》：

离离原上草，

一岁一枯荣。

野火烧不尽，

春风吹又生。

美丽的校园，我的家

王杏之

美丽的校园是我温暖的家。

我们的校园非常美丽，一进大门，首先映入眼帘的是三个"n"字形的门洞，中间大，两边小，门洞上面雕刻的造型非常漂亮，我们的校名——"西安电子科技大学附中"便镶嵌在其中。晚上，五颜六色的彩灯环绕着这刚劲有力的大字熠熠发光，更为这美丽的造型增添了不少色彩。校门的左边是学生作品展示栏，右边是学校的简介和名师及优秀学子的照片，再往前走迎面是一块石碑，上面是"激情付出，就是回报"八个镏金大字，这是我们学校老师的真实写照。石碑的后面是我们的操场和教学楼。

春天一到，校园里的一排排大树"脱"去了冬天的旧装，换上了新"衬衫"；花坛里的小花竞相开放，争奇斗艳，你看，那玉兰花像一个个美丽的白鸽昂首展翅，醉人的花香沁人心脾；迎春花在青绿色的枝条上轻歌曼舞，还不时地在微风中眨着黄绿色的眼睛，为美丽的校园增添了不少活力。

047

我爱校园中的一草一木。更爱校园里洋溢着的坚强、拼搏的精神。宽敞明亮的教室是我们渴求知识的摇篮，在这里，我们像辛勤的小蜜蜂一样在老师的指引下采集着知识的花粉。"书山有路勤为径，学海无涯苦作舟"是我们的精神动力，一篇篇优美的文章、一道道数学算式、一个个英语字母，犹如黑夜的启明星，指引着我们去挖掘知识的宝藏，为我们开启了智慧的门窗。

我爱你，美丽的校园，我的家。是你给了我知识的雨露，是你给了我欢乐，是你给了我家一般的温暖；我爱你，美丽的校园，更爱和我们一起生活和学习的老师、同学。

第二部分 窗外

那晚的星空让我陶醉

吴丹纯

记忆里，埋藏着童年的许多回忆，想到这些，我不由自主地想起了那晚的星空，那晚的星空真令我怀念，也令我陶醉……

小时候，最喜欢在夏季里数星星了，当夏季来了的时候，早晨和中午都在家无精打采，可到了晚上，就热闹起来了，我嚷嚷着让妈妈从房间里搬来几张小凳子，拿着几把扇子，用碗盛满花生，便坐在家门口，和家人们边说笑边吃花生边扇着扇子。偶尔，会有微风轻轻地吹来，带来了一丝淡淡的花香，使人神清气爽。等到八九点的时候，我便会躺在妈妈温暖的怀里，仰望着无边无际的天空，数着星星，一颗，两颗，三颗……

"傻孩子，星星是数不清的。""妈妈，这是为什么？"我频频追问着。"我也不太了解。"妈妈答道。我说："妈妈，天空一定是有很多星星妈妈和星星爸爸，才会有那么多小星星，瞧，"我指着牛郎星说，"这是爸爸，"我指着织女星说，"这是妈妈。"妈妈笑着摸着我的头说："也许，你的想法更美些。"我说："我就不相信星星会数不清，我一定会数清楚的。"妈妈拿我没办法，便只好任着我躺在她怀里数着星星，一颗，两颗，三颗……数着数着，我的眼睛慢慢闭上了，在妈妈的怀里进入了梦乡。

"孩子，世界上的星星是永远都数不清的，因为，天是无边无际的。"我隐隐约约听见了那句话。

啊！那晚的星空真令我陶醉啊，它给我的童年生活增添了无限的乐趣。

雪的随想

于文飞

　　窗外，雪花漫天飞舞，我站在窗前，静静地看着窗外，那些洁白的小精灵们总爱来到窗边碰一下，再迅速飞开。它们轻轻地、悄悄地来来往往着，构成了一曲美妙的乐章。

　　空中，雪儿自由自在地飞舞着，密密麻麻的雪花给人无限的遐想。她们婀娜的舞姿和着音乐般的风儿，配合得是那么的默契。任微风怎么吹，她们的舞姿依然那么美。当她们正舞得起劲的时候，又一阵风更猛更烈，像浪花似的朝这边涌来，雪花失去了轻柔的音乐，舞蹈也停了下来，迈开脚步急匆匆地随着烈风奔向远方……

　　地上，已是厚薄不一的积雪，让人看上去有种耀眼的感觉。随着风的吹动，地上的雪花变成了轻纱似的微云，随着风的吹动，微云飘然而起，和地面缠缠绵绵，忽高忽低，忽快忽慢，谱成了一首动听的雪的旋律。远远望去，有一种不是仙境胜似仙境的感觉。

　　我还在傻傻地望着窗外，脑海中浮想联翩，等我回过神来，不知什么时候，雪已经悄悄地停了，风也屏住了呼吸，推门出去一看，校园里已是一个银装素裹的世界……

夏夜风情

张 曼

朋友，你喜欢夏夜吗？夏夜的风情是热闹的、美丽的、浪漫的。如果不信，就和我一起去看看吧！

夜色慢慢降临，江面上倒映着万家灯火，璀璨异常，白天的燥热还未完全散去，不知疲倦的知了仍在树上一声声鸣叫。

忙碌了一天的人们开始陆续聚集在石门大桥上乘凉，还有的缩在空调房间里"乐不思暑"。我拿着一把大扇子来到院子里，仰望着深灰色的夜空出神……

一轮明月钻出云层，慢慢展开笑脸，几颗大而亮的星星散在夜空中。银色的月光映着几丝羽毛般的轻云，美丽极了！这一切，仿佛给闷热的山城带来了几分凉意。暗黑的远山，晴朗的夜空，似乎要与大地混为一体，看不清轮廓了。远处的草地上，萤火虫一闪一亮，逗得孩子们总想去"跟踪追击"；树林中蝈蝈响亮的叫声悦耳动听，演奏着一首首"小夜曲"。

街边，出来纳凉的男人们打着赤膊，粗声粗气地数落着一整天都火辣的太阳；女人们身着各式夏装，讨论着彼此的服饰怎样更好地搭配；而孩子们则穿着短裤背心，相互嬉戏打闹着，享受着夏夜的快乐！

大街上一家挨着一家的火锅店里，人头攒动，虽然那又麻、又辣、又烫的感觉让人唏嘘呐喊，却又个个意犹未尽。那种环拥火锅，高谈阔论，开怀畅饮的场面，构成了山城一道独特的风景线，让来此的外乡人咋舌高呼："耐温将军！"也许他们还会想：这些人性格耿直、豪爽、热情、火爆，莫不是酷热的天气造成的？

啊，好一个夏夜！美丽的、热辣辣的夜！

那夜不寻常

顾紫玥

今日父母双双外出，我一人在家。夜深了，他们还未归来。这茫茫黑夜，只有那星星点点的灯光，可室内却如同白昼。想起以往，不敢开灯，怕招强盗，便在床头卧着，窗子上透来微弱的灯光，一阵阵影子掠过，一声声汽笛鸣响……很晚了，我像以往一样望着远处，如明星般的零碎灯光里，第一次发现这夜真美——并不茫茫，是一切生命的休眠。

再伟大的人，恐怕也不能没有夜。这"宁静"的夜啊，是人类一天疲倦的寄托。可是再美好的夜，也需要人们去付出。看看屋外的点点灯光吧！可能警察正为我们的安全巡逻，可能医生正抢救夜里发高烧的孩子，也可能一位老师正在给一个后进生补习……

夜不是每个人都能享受的。我做了个幸运者，打开窗子，是一阵阵凉风。我想起了以前和奶奶数灯塔的情景：

我们的脸贴着窗子，看着一个个灯塔。我指着南方一个小小的塔说："这是南家（老家）的塔。""不对，不对，南家现在在我们的西南。""在那儿。""对。""爷爷现在在干什么呢？不会又在灯塔下忙碌吧？"说到这儿，奶奶痛惜一句："唉，一身老骨头……"我怕又勾起奶奶心中的弦，于是说，我们数灯塔吧。一个，两个，三个……是十四个。不，十五个。一个，两个，三个……那也是一个愉快的夜。

我不禁感叹：以往为什么没发现？一直以为夜晚的无聊，寂静，都以看电视消磨时光。现在想起来，我失去了什么？唉，失去的东西太多了……我不声不响地坐着，才发现夜并不是众多人所说的寂静，它一点都不静！

一声声汽笛响起，又是行人匆忙的身影。夜失去了原有的色彩，是路灯的杰作。那还是夜吗？我怀疑。就像白天，但却仍然透露这黑色，是那人类涉及不到的天空，灰灰的，就像罩了一层神秘的面纱。

这时传来钥匙开锁的声音，哦，爸爸妈妈回来了。

051

第二部分 窗外

雨中的温暖

张振辰

星期三下午放学时，天正淅淅沥沥下着雨。虽然天气非常不好，但并没有影响到我愉快的心情，因为今天的家庭作业在学校就完成了一大半。放学后我感到特别轻松。

可刚走出校门时看到的一幕，让我感到非常揪心。当时下着雨、刮着风，非常的阴冷，校门口孤零零地站着一个年龄很小的小弟弟，大概只有五六岁的样子，穿着棕色的小棉袄，正一个人站在雨里一边伤心地哭，一边撕心裂肺地喊着"舅舅、舅舅……"身边是往来穿梭的学生家长和高年级的大哥哥、大姐姐们，却没有一个人去关切地询问和帮助他。只有小弟弟一个人无助地在雨中哭喊着。相反，有一位高年级的同学，突然走过去拍了一下他的头，恶作剧地冲他吼起来："小东西，别吵……"小弟弟吓得连忙躲进了来来往往的人群里，但因为惊恐他哭得更厉害了。我见状，赶忙追过去找，但花花绿绿的雨披、雨伞和人流挡住了我的视线……当我再次看到他的时候，他已经被学校教导处的杨老师领到了一个中年男人身边，那个人可能就是他的舅舅吧。

当看见他舅舅抱着不再哭泣的他时，我的心里顿时涌上了快乐的火花。此时，我觉得心里充满了幸福温馨的感觉！如果周围的人再热心些，这件事情也许会更快地得到解决。那个小弟弟冻着了吗，会不会生病呢？这些天来，这些疑问一直在我心头萦绕。期盼着我们都能够多一些关爱他人之心，让我们携起手来，把我们的城市建设成为和谐、文明、温馨的家园吧！

追寻自由的小精灵

柴博宇

雨后，楼下的哥哥邀上我们几个小朋友去捉蜻蜓。我们几个来到小区中心花园里，这里水多、虫多，蜻蜓最爱光顾这儿。哥哥从家里偷来了我们的武器——扫把！我们每人手握武器，哥哥一声令下，我们"潜伏"在了花丛里。

不一会儿，在石子铺的小道上空，闪出了几道灰红色的影子。"捕捉！"哥哥大喊一声，顿时，花丛里闪出了几把扫把，"啪"的一声响，一只蜻蜓已被我压在了地上。我放下扫把，去捉住那只蜻蜓。随着草柄的一点点拨开，我看见了那只美丽的红蜻蜓。多可爱的小生灵呀，看，它的头微微抬起，显然感到了不适，两只红豆大的眼睛透明的，惊恐地看着我。它的身体细长，最后面还有两只小小的尖刺。它的肚子上有一圈一圈的花纹，肚子的末端向上一翘一翘的，努力想把身体挣出来。它的翅膀透明的、长长的、椭圆形，上面还有一些稀疏的纹路。蜻蜓在努力地想挣脱扫把草柄的束缚。它的翅膀在一弯一张中微微折起，好像稍稍一碰，就会把它撕碎似的。而在它翅膀的下面，六条纤细而显得有力的腿，紧紧地抱住了一根草柄，两个时而叠起又时而舒张的关节，让人觉得它有那么大的力量。

"快，拴根线当风筝玩儿去吧！"哥哥给我出了个主意。

说干就干，我回家把妈妈的针线盒拿来，扯了一截线，接着就要开始"行刑"了，我坐在沙发上，把茶几当"刑场"，拿了两个桃子压住了它的翅膀，接着，我就开始"穿针引线"给它打活结了。一分钟过去了……三分钟过去了……"啊！"我一边擦了擦汗，一边把蜻蜓用线拎了起来。一动不动的它就像一名刚参加完长跑比赛的运动员，耷拉着翅膀，双眼有气无力地看着我。我突然感到些许歉意。

不一会儿，我把它拎到了楼下，好像是呼吸到了雨后新鲜的空气，它立

053

刻精神一振，把翅膀立得直直的，不停地扇来扇去，最后演变成了拼命地挣扎。唉，它渴望自由啊！我突然意识到了没有打死结来系住它。我下意识用手扣住它，但从指缝看到它的腿、肚子已经一点点缩出了绳套。它扑打着翅膀，把我的掌心挠得直痒痒。我被它的抗争精神折服，不由得把手松开，想看看它怎么样了，谁知，刚打开一条缝，如一股清风般，它突然从我手中飞了出去！

它把翅膀一抖，那段线缓缓落了下来。这个自由的小生灵，转了个圈，就向着夕阳飞去……

新颖的作文纸

张凯欣

巨人的作文纸是我有生以来见过的最美丽的作文纸，它不仅图案美丽、新颖，同时更富有内涵。瞧！他们在干什么？

在灿烂的阳光下，有一个小男孩和一个小女孩在沙滩上玩儿沙子呢！他们玩儿得多开心呀！在那片金黄色的沙滩上，有那么多的海螺和贝壳等着我们去欣赏。还有一些贝壳悠闲自得地躺在沙滩上，一边看小朋友们玩儿沙子，一边望着那湛蓝色的大海，一边在晒着太阳呢！看，连小海鸥也急急忙忙地飞来看孩子们堆沙堡呢！

"呼、呼"，黄昏时分，海面推来了一个巨浪，把正在晒太阳的小海螺和贝壳又送回了大海。游戏了一天的小朋友们和可爱的小海螺们也都快快乐乐地回到了家！这时，我们只能"听"见那一涨一落的浪涛声。

这张作文纸真的好美丽，它让我喜欢上了写作文，不再觉得写作文是枯燥乏味的了，它让我找到了写作的乐趣！看着这张美丽的作文纸，我感觉到我就是飞翔在蓝天的海鸥，和小朋友一起在玩儿着沙滩上的"汉字"，向那湛蓝的天空展翅飞翔！太阳是"巨人"，培养、关怀着我们；知识是五颜六色的贝壳，等我们去拾取。

我们在这么美丽的作文纸上写作，是多么的有趣。这一张张美丽、漂亮的作文纸，记录了多少我们美好的生活与回忆呀！

我爱这些作文纸，我爱这些作文纸上记录的一切关于我的美好生活，我喜欢这些大事小事，发生在我身边的一切事！

055

美妙的啼鸣

邓钦奕

当富有活力的太阳活泼地跳出地平线，当第一缕阳光穿过薄纱，投入到房间，天亮了，一切是那样的有生气，一切是那样的充满希望，

一切都是那样的静谧，就在这静谧中，早晨的美丽，吸引了一群灵动的小生灵，他们在枝头欢畅地啼鸣，一声声清脆动听，给这宁静的早晨赋予了神秘，赋予了生气，赋予了新的一天的希望，这美妙的啼鸣为早晨添上了舒畅的一笔。

我从朦胧中醒来，伸了伸懒腰，不知怎么的，今天起得特别早，似乎是这群灵动的生灵将我从睡梦中唤醒，带我走进崭新的一天。

我推开窗户，迎面而来的新鲜的空气使我心旷神怡，浑身舒畅，人立刻有了精神，加上温暖的阳光的照耀，我似乎突然间得到了一股动力，身心舒畅，精神抖擞。远处的树梢上有一只黄鹂在啼鸣，它全身黄中带黑显得特别有风度，有精神，它甩了甩身上的羽毛，开始与其他的鸟儿对话，那啼鸣声太优美了，就像是香甜的巧克力从你的口中滑过一样，虽已鸣过，却仍留有"余香"，那啼鸣中似乎带着幸福开心的韵味。

不远处，一只喜鹊正在轻声歌唱，那声音虽没有黄鹂优美，却含有着深深的韵味，那一声声啼鸣，充满着自信，充满着对新一天的期盼。俗话说："看到了喜鹊，必定会有好事。"我现在才真正知道原来看到了喜鹊就像是看到了希望一样，对新的一天有了一个美好的愿望。

我已沉醉在那晨中美景与那美好的鸟鸣之中了。鸟鸣并不繁杂，只是有时在我的耳畔回荡几声，但一声比一声更美妙，一声比一声更有激情！早晨使人留恋，而鸟鸣就像是给人们注射了希望一样，让人焕发了活力。

乌 云 赋

李易峰

以前，我对乌云没有丝毫的好感，因为只要乌云密布，大地便会变得一片黑暗，预示着一场瓢泼大雨即将来临。

然而，暑假里一个偶然的机会，我仔细观察了乌云，不禁惊诧于它那奇特的美了。

那是暑假里的一个傍晚，我正在家中做暑假作业，突然，觉得光线暗淡了许多。走出门一看，只见团团乌云翻滚着向天边奔去，那雄伟的气势犹如千军万马奔向战场。忽然，它又摇身一变，变成一架巨大的超音速战斗机高速驶向前线，投入战斗。一会儿又变成一匹脱缰的骏马，撒开四蹄欢快地奔向远方。这时的乌云好似投在天幕上的皮影，形态是那样的逼真。不一会儿，乌云更浓、更密了，变幻出一座座若隐若现的山峰，高不可攀；又如一挂瀑布，那清晰的画面仿佛连飞溅起的点点水珠都能看得清清楚楚，简直就是国画大师饱蘸浓墨，在暗色的天幕上挥毫画下的绝妙的山水画。

不一会儿，雷电犹如一把巨大的利剑，直插大地，接着便下起了倾盆大雨。

原来乌云竟有如此雄伟的气魄和变幻莫测的本领，我在心里赞叹不已。

雨过天晴，我走出房间呼吸着雨后的新鲜空气，一场大雨仿佛洗尽了世间的一切尘埃。这个世界变得更加明亮，更加美好了。

我爱晴天，更爱雨后的晴天。

057

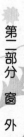

秋　赞

郭相宜

春夏秋冬，四季轮回，每一个季节都像是有血有肉的人，有它自己的个性与特点。其中我最喜欢秋，如果把秋比作一种人，我愿把它比作诗人，因为它有诗的味道。

秋，有陶渊明的淡泊宁静。当秋风吹过，一江秋水荡起涟漪，天空的影子被清风打散。片刻，水面恢复了宁静，深邃的天空仍然倒立在水中，其明如镜，安宁而淡泊。每当想到这样的画面，我的眼前就会浮现出一位超然的隐者，像陶渊明一样，对着秋色自斟自饮，拈着菊花吟诗作对。这就是秋，淡泊宁静的秋。

秋，有李清照的浪漫凄美。金黄的落叶像满天的蝴蝶，轻盈优美地打着旋儿落下，最后静静地躺在地上，或是落到溪水中，随着流水漂泊，有些"漂泊一如人薄命，空缱绻，说风流"的风韵，就像李清照的词，清丽婉约，又有点悲凉的意味，怎能不引起人们的诗意、静美的遐思呢？这时，我的头脑中显出一幅情景：一个多愁、纤弱的女子迎风饮泣，泪水模糊了诗卷上娟秀的字迹。这就是秋，凄美浪漫的秋。

秋，有李白的一身傲骨。据说，菊花的花瓣永远不会零落，而是在生命终止时连根倒下。生时，迎风傲立；死时，宁折不弯，如同李白所说的，从不摧眉折腰，阿谀奉承，也不向任何人屈服。天下傲骨，无出其右。秋既有顺风之悠然，又有逆风之风骨，仿佛是孤标傲世、淡泊名利的男子汉。这就是秋，一身傲骨的秋。

我爱秋。我爱秋水，爱秋叶，爱秋风，更爱秋的诗魂。我要为秋的诗魂唱起一支如诗的赞歌。

生命的光彩

杨济霞

春节已经临近了，我和爸爸妈妈怀着既兴奋又愉悦的心情回到了老家。可是天公不作美，一连几天都冷飕飕的，有时还下着小雨，害得我整天窝在屋里不能出门。

一天早上，天气终于暖和了一些。我兴奋极了，迫不及待地跑出了家门，张开双臂在田野里迎风奔跑。这时，我才发现，自己一直躲在屋里，错过了好多美景啊。田野里，油菜花开了，一片绿，一片黄，让我沉浸在梦幻般的景象里。

不一会儿，起风了，大风"呼呼"地刮过田野，刮过村庄。我看见油菜花在风里不停地摇曳着身姿，那动人的情景更令我陶醉了。我干脆坐在地上，慢慢欣赏着在风中起舞的花草树木。看累了，我就躺在地上，静静地望着灰色的天空，任风从我脸上刮过。

望着望着，我的指尖忽然感觉到了什么粗糙的东西，硬硬的，有些扎手。我低下头望着我躺的这片土地。原来，这是一块草坪，小草的叶尖儿已经枯萎变黄了。我站起身，发现有许多小草已被我压得弯下了腰，或是被我踩得不成样子了。

一阵大风吹来，小草们也学着油菜花的样子在风里不停地摇曳，跳起了集体舞。令我惊奇的是，无论是枯萎的叶尖儿，还是绿色的叶片，都比油菜花跳得更有劲，更精彩。它们也许是想利用这还没完全脱离大地的时间，在大风的帮助下，在严寒中绽放出自己最后的光彩吧！在这严冬里，尽管有不少草尖儿已经被大风带走，但它们仍想尽一切办法，把自己最后的美丽展示出来。

大风依然"呼呼"地刮着，油菜花依然跳着舞，我侧身躺在黄色的草坪上，望着那枯萎的草尖儿，不知是什么力量催促着我，使我用冻僵的手指轻

轻地抚摸它，那感觉是如此美，如此自然……

　　过了几天，我再去看那片曾经让我感动的小草。我发现它们已经全部枯萎了，有的甚至被大风刮得无影无踪了。但我知道，来年的春天，将又是它们舞动的时候。

放学路上

张小明

秋日雨后，云雾缭绕，好像仙境一般。街上，放学的，下班的，熙熙攘攘，好不热闹。一串串的铃声一晃而过，骑车人的身影很快就消失在云雾之中；阵阵的汽车喇叭声，提醒人们要注意安全。放学了，我小心地踏着车子，走在回家的路上，心想："这样的天气，可一定要注意道路安全啊！"

就在这时，我听见前面有人喊叫——前边黑压压地围着一群人，一定是出事了。人太多，过不去，我只好下车探头去看：呀，一辆卡车翻了。路上撒得到处是橘子。听说司机被送到医院去了。突然，我看见有些人在"埋头苦干"，手脚麻利地往提包、菜篮、裤兜里塞橘子。什么文明礼貌，什么道德风尚，全都跟他们"拜拜"了。今年橘子大降价，并不值钱，可他们像发现了宝藏一样兴高采烈地抢拾着，动作飞快，生怕自己"吃了亏"。

灰蒙蒙的雾压得我喘不过气来，我盼望着太阳早点出来与人们见面。"雾里看花"也许别有一番情趣，可雾里看抢橘子呢？

忽然，一道金光射来，人们有的欢呼，有的低头，有的匆匆溜掉。太阳拨开云雾，洒下光明，田野、山村、马路全部暴露在"光天化日"之下，还有好多鼓鼓的塞满橘子的提包、菜篮，也一同显露出来。然而，经过一阵"忙碌"，一切又恢复了平静……

这时，我却又盼望下一场大雨，让雨水冲掉我刚才看见的一幕，冲醒人们的头脑，也冲来社会主义的新风尚、新道德。我相信，这"大雨"一定会来的，而且很快就会来到！

061

夏　天

李义然

春柔如水，秋太凉而冬又太寒，我唯独喜欢散发着朝气与活力的夏天。

夏的清晨是那么迷人。绚丽的朝霞在东方铺开，映红了一片天，天与山、云与海、地与人都映成了红色，不一会儿花儿们绽开了笑脸，树上的鸟儿也"叽叽喳喳"地叫着——火热的一天便从清凉开始了。

夏天的中午总是那么热情！骄阳似火，闷热得人快要窒息了。知了躲在树荫里，扯着干渴的嗓子嘶叫"知了，知了……"大人们都睡了，可是这三伏的热天是孩子们所忍耐不了的，于是村头的小河里便热闹欢腾起来了。

到了下午，密集的乌云遮住了整个天空，稍许，似有千军万马奔腾而来，听！还有隐隐的战鼓声和厮杀声。"轰隆隆……"沉闷的雷声敲开了夏雨的序幕，"咔嚓嚓……"一个霹雳刺破了已经昏黑的天幕，瑶池的水紧接着倾盆而下。这些水似乎有神力，让草儿们挺起了腰，树儿们抖擞着精气神儿。雨停了，那么迅速，只留那么一点痕迹——叶尖儿的水珠。

"夕阳无限好，只是近黄昏。"也许是夏日夕阳的最好写照，太阳公公累红了脸，悄悄躲到山洞里乘凉去了，休息一天的月亮婆婆又出来了。

一花的衰落，荒芜不了整个春天；一星的陨落，暗淡不了整个星空。夏天的夜，群星灿烂，而夏季山村的夜，更是那样的静谧，只有虫儿们在草丛里说着悄悄话，"稻花香里说丰年，听取蛙声一片。"在这样安静的夜里，池塘里的青蛙能耐住寂寞吗？记忆中，在场院的枣树下，妈妈抱着我，摇着蒲扇，在那皎洁的月光下唱着古老的童谣，我又在不知不觉中和天上的繁星捉迷藏去了……

美丽的枣树园

李洪超

　　我的姥姥家在农村，每到节假日我就会与妈妈到姥姥家住一段时间，那个淳朴、美丽的小村庄，给我留下了很多美好的记忆，尤其是姥姥家的那片枣树园更是令我流连忘返。

　　春天，一棵棵枣树贪婪地吮吸着甘露，那弯弯曲曲的枝干上钻出了一个个小嫩芽，绿得那么鲜亮，那么可爱！渐渐地嫩芽舒展开了，它娇嫩的身躯变成一片片鲜绿的叶子，叶子中间长出了许多米粒大小的花苞，鼓鼓的，胀胀的。

　　一场春雨过后，花苞破裂，开出了一朵朵淡黄色的小花，散发着淡淡的清香，吸引一群群勤劳的小蜜蜂来采粉酿蜜呢！

　　夏天来了，树叶由嫩绿色变成深绿色，枣花谢了，长出了青色的小枣。刚长出来的小枣头是尖的，我们都叫它枣铃铃。一根长枣吊儿有的可以长二十几个枣铃铃呢！枣铃铃渐渐长大，变成了大枣子，这时它仍是青色的，所以不能吃，因为这时候枣没有一丝甜味。

　　随着秋天的到来，小枣由绿变红，宛如一颗颗红玛瑙缀满枝头。在阳光的照耀下，绿叶中的红玛瑙闪闪发光，格外诱人。望着那满树的小红枣，真是让人垂涎欲滴。忍不住摘一颗放进嘴里轻轻一咬，顿时一股甜甜的汁液涌到你的心头，叫你越吃越爱吃。

　　冬天，枣树的叶子落光了，它那些弯曲的枝干，又赤裸裸地呈现在人们面前，偶尔有一两只鹰落在上面，久久地呆立着，衬着蓝蓝的天空，组成了一幅宁静、和谐的工笔画。

　　这一片枣树园伴随我度过了快乐的时光，我真想说一声："我永远爱你，美丽的枣树园！"

冬天的花

姜奕澄

说到花，人们都会说牡丹、玫瑰、茉莉……但我却要说说冬天里异常美丽的花。你们也许会被我说糊涂了，冬天怎么还有花呢？听我给你们一一道来。

雪花，人们都很熟悉，冬天里常"开"的花。细看，它也很有特点，六瓣雪花很少，它就像个孩子，张开手臂，好像要拥抱你似的。不规则的雪花到处都是，它们千奇百怪，有的像高跟鞋，有的像米老鼠……各种各样的雪花那么多，只是人们没有细看，才发现不了它的美和纯洁。

窗花，家家户户冬天时窗户上"开"出的一种花，在我眼中，窗花就像一个温文尔雅、高贵的大小姐。我站在窗前仿佛就能闻到它的"香气"。到了冬天，窗户就是一张画纸，不用动手去画，大自然就帮你勾勒出图案，也帮你上色，虽然是透明的，却仿佛能看出它美丽而鲜艳的颜色。

雾，那种细小的卑微的颗粒，这种"花"看不见，却可以像人们一样团结起来，覆盖在枯干的树枝上，形成了雾凇。它虽然不是花，但为冬天的城市增添了几分姿色，就像花朵点缀春天一样。站在雾凇前，照张照片，便成了冬天的留念。

人们都说冬天没有春天和夏天美丽，说冬天冷酷，仔细观察着冬天，它会比春天、夏天更美，它有它自己的花点缀，瞧，旁边挂着雾凇的不就是一棵生机勃勃的树吗？

冬天的"花"，是不是很美呢？

真 有 趣

陈宇恒

周日，天空晴朗，万里无云，爸爸妈妈和我一同去长江边游玩儿。

我们乘着一辆摩托车沿着张骞大道飞奔，快到长江边时，妈妈指着远处的一只白色大鸟大喊道："看，白鹭！"我沿着妈妈手指的方向望去。只见一只白鹭在低飞，它全身雪白，伸长着脖子，红色的脚紧贴腹部，向后伸着，全身呈一条直线，姿态是那样的优美。我不由自主地拍打着爸爸的背，"快停车，爸爸，要仔细看看它！"白鹭似乎也想展示展示自己，只见它扇动了几下翅膀，低低地盘旋着，似乎要落下来……

我拉着妈妈的手爬上了旁边的土坡。向外望去，那绿色的田地，清澈透亮的小河，仿佛是一幅美丽的山水画。而且在小河边还有几头水牛，大概是吃饱喝足了，正趴在那里悠闲地休息呢，它们时而向四周望望，时而努动几下嘴，好像在回味着青草的美味。

那白鹭收起了翅膀，伸出双脚竟落在一头老牛的背上，而老牛似乎没有感觉到什么，依旧在悠闲地张望着。有趣的是，那白鹭竟然在老牛背上踱起了方步，这情景仿佛是一朵白云落在了牛背上，让深褐色的牛背刹那间满是光彩。

白鹭转了几圈后，忽又展开翅膀，飞走了。此时老牛可能觉得太热了，慢悠悠地站了起来，缓缓地走进了旁边的那条小河，那小河实在是太浅了，水只能淹到它的半个身子，老牛觉得这样洗澡不舒服，就向旁边斜着倒了下去，霎时间小河里仿佛是一座山倒了下来，水珠四溅，河水变得一片浑浊，水面上扬起了很大的波纹。那老牛把它自己的整个身子都浸在水中，只露出一只黑色的牛头，在水中尽情地享受着水带来的清凉和快乐。

呵呵，这个场面很有趣，感谢那只白鹭，让我看到了如此美妙的画面。

065

第二部分 窗外

迷人的秋天

朱琳燚

百花盛开的春天暖人心房，骄阳似火的夏天热情洋溢，硕果累累的秋天香气扑鼻，白雪皑皑的冬天银装闪烁。这四个美丽的季节，我最喜欢的就是迷人的秋天了！

秋天迷人，是因为那神奇而又凉爽的秋风。一阵阵秋风吹来，空气就像是撒上了魔法似的，清爽宜人，还夹杂着淡淡的果实的清香，令人心旷神怡，忍不住想吸一口这秋天的味道。

秋天迷人，是因为那五彩的果园。郊外的果园里，像是在举行一场热闹的盛会，苹果穿上了红衣裳，橘子披上了金黄色的铠甲，宝葫芦般的梨子也不甘示弱，换上了一袭金黄的裙衫……它们在色彩缤纷的装束下散发着诱人的香味，让人忍不住垂涎欲滴。

秋天迷人，是因为那多姿的公园。菊花盛开了，红的、黄的、白的、紫的……真是让人目不暇接呀！咦？哪来的香味？哦，原来是桂花在竞相开放，倾吐着芬芳，八月桂花——十里飘香，连空气中都迷漫着桂花的清香，游客们都沉醉在甜甜的香味中，不肯离去。

秋天迷人，是因为那成熟的庄稼地。红色的高粱成熟了，像一个个害羞的小姑娘涨红了脸；金黄的稻子成熟了，一个个乐弯了腰，像给大地铺上了一层金地毯；雪白的棉花成熟了，像是大海举起了一层层白色的浪花……

秋天迷人，是因为那……

我爱你——迷人的秋天！你是缤纷的季节，也是丰收的季节！

仲夏一夜

罗可苾

仲夏的夜晚，坐在小院里。我望着天空，无数颗小星星在天空中眨着眼睛，它们一动不动地嵌在夜空里，那么悠远，那么洁净，就像是藏在神秘世界里美好的未来和美丽的希望。

在星星的旁边，一轮皎洁的月儿挂在天空。这轮皓月像银盘一般高悬在万里无云的黑幕上，月光静静地倾泻下来，把小院里的一切都涂抹上了银白色。地上，葡萄架上，房子上，阶梯上都泻满了乳白。远处的群山，也显得有些朦朦胧胧，似一层轻纱笼在起伏连绵的峰峦上。

一阵微风吹过，淡淡的清香扑鼻而来，沁人心脾，这甜甜的气味都溢进了我的心坎里。向四周一看，在朦胧的月色下，能看见旁边的那颗大树上开满了密密麻麻的小白花，而那香味也是从那散发出来的，引得蜂儿蝶儿们翩翩地跳起舞蹈。

067

夜渐渐地深了，从远处的大树上传来了几声清脆的鸟叫，"叽喳、叽喳"。蚱蜢也从草丛里钻了出来，"蛐蛐、蛐蛐"地叫着。青蛙在塘底"呱呱呱"地打着鼓。微风拂过，小草和小花蕾不顾夜深，继续聊着天呢，还不时"咯咯"地笑着。

好美好静的仲夏一夜呀。

落叶的美丽

丛航航

有人喜欢春天盛开的花朵；有人喜欢夏天抽芽的嫩柳；有人喜欢傲霜斗雪的梅花；而我，却偏爱这被阵阵秋风吹落的落叶。

有人说落叶是不显眼的，春天那翠绿的新叶才是完美无缺的。而我觉得，落叶有着一种特殊的美，它经历过温暖的春天，酷热的夏天，而到秋天，它就变黄，变酥了。这就像是一个年迈的老人，牙齿脱落一般。

秋风送爽，美丽的秋天带给我们丰收的喜悦与可爱的落叶，想象一下，假如你走在林荫路上，道路两旁最吸引你的是什么？无疑，是那从树上飘下的落叶。那黄色的落叶，铺成了金黄的道路，仿佛金色的田野，踩在脚下"咯吱咯吱"的，像是在给这短暂的旅行奏乐，让人陶醉其中。

当你走在城市嘈杂的街道上时，你是否关注过那不起眼的落叶？相反，我想我们只听见过那汽车鸣笛的声音，看见过汽车排出的尾气，谁又能感觉到大自然的美呢？

看着那枯黄的落叶，不禁想起它曾经历过的酸甜苦辣；雨水的滋润，狂风的抽打，太阳的炙烤与无情的侵蚀。

俯下身，捡起一片，仔细地观察着它的叶脉，仿佛在流动着一股清凉的泉水；滋润着我们的心田，它不仅点缀了城市的美丽，还使我们感受到了秋的美丽。

我爱落叶，这美丽而不显眼的落叶。它不但给我们带来了秋的气息，而且在冬天粘在墙上还可以保暖，使室内更清新。为此，我觉得，落叶是无价的，是美丽的，是高尚的！

城市交通录

余祥东

随着改革开放的发展，汕头已成为一个四通八达的美丽的港口城市。然而，人们的交通安全意识仍然很淡薄，很多人的行为习惯与城市美丽的环境格格不入。请随"记者"的镜头去看一看。

镜头一：拍电影似的对峙

在中心城区一条宽阔的街道上，有一辆的士的车头与一辆摩托车的车头夹在一起，后面的车排成长龙，不知情的还以为在拍什么电影。以前，人们总是埋怨道路狭窄，交通经常堵塞。但是现在，不吹牛，这条路已经够一架战斗机起飞了，那么为什么还堵车呢？原来，堵塞的原因是正常行驶的的士司机与违反规则的摩托车司机在斗气。的士司机得理不肯谦让，摩托车司机理亏却不甘示弱，双方就长时间对峙着。一个多钟头后，交警闻讯赶来，摩托车司机知道自己违章行驶，才赶紧掉头溜走了。

经济特区，时间就是金钱。这两个司机浪费人们一个多小时，给我们的城市造成了多少损失！

镜头二：重现街头的"拉索"现象

连小朋友都知道"红灯停，绿灯行"的交通规则，很多成年人却视而不见。在一个交通繁忙的路口，两位交通协管员拉起了一条绳子，用它来"逼"停闯红灯的行人车辆。面对汕头电视台"今日视线"栏目组记者的采访，交通部门的管理人员表示对这种"交通顽疾"很无奈。一位大学教授感

叹：十几年前曾出现的可笑的街头"拉索"现象，如今又出现在我们的城市里！

我想：人们闯红灯是珍惜时间吗？这种"拉索"现象，除了表明人们交通安全意识淡薄外，也反映了城市交通管理的松散。

镜头三：人行天桥成为一种"摆设"

人行天桥本来是一种交通人性化的设置，很多行人却不"领情"，宁愿在险象环生的马路上表演跨越横穿杂技，于是城市的人行天桥成了一道无用的摆设。可悲的是，走在人行天桥上的几个中小学生，他们的遵纪守法却被一些人嘲笑为"作秀"。

市民与环境的和谐相处，城市交通是一个重要窗口。

美丽的乡村路

冯　淑

我家在吴山庙村，那是蜿蜒曲折的小路深处的一个村落。

牙牙学语时的我，总爱穿着小拖鞋，"吧嗒、吧嗒"地跑向村口的小路，任耳边清柔甜蜜的轻风欢快地回响。我轻轻地迈开碎步，伸出小手，让我稚嫩的眼睛"触摸"着小村的青砖墨瓦；又或者，我坐在起起伏伏的小路一端，满足地吃着棉花糖，看来来往往的自行车和行人善意美好的笑容，清脆的车铃声不绝于耳……

对于我，那时通向外面世界的小路风景就是安然恬静的童年。

长大了些，家门口的小路成为一条宽敞而平整的马路。我开始和小伙伴一起蹦蹦跳跳地去上学。但我却很爱那一路风景——马路的一边，是丛丛簇簇的野花，欲滴的翠绿惹人怜爱。远远近近的是高大成排的梧桐树。夕阳西沉的时候，晚霞为梧桐镀上一层金色，有许多小麻雀"叽叽喳喳"地飞进飞出，那可爱的模样常让我痴痴迷醉，便不去在意路上的繁忙与拥挤了。

对于我，那时的马路是令人窒息的拥挤以及清新美妙的路旁风景。

如今，那一排排梧桐不见了，取而代之的是各类观赏性的花卉，路却变得更宽阔了，一辆接一辆的摩托车、小汽车可以在路上"漫步"，送走了乡村的落伍面貌，迎来了家家户户的幸福生活。越来越多的电动车，常给我以潇洒轻盈的感觉，成为新农村一道更加亮丽的风景线，在平坦的乡村大道上来回移动着。

乡村的路变美了，乡亲们在路上来回运输着幸福的生活。

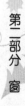

最美不过夕阳红

刘雅文

别看我平时大大咧咧的，其实我是个蛮重感情的小女孩。我喜欢一切自然美好的东西。前不久遇到的一件很平常的事就常常温暖着我的心。

那是一个夏天的下午，"啦啦啦，啦啦啦，我是快乐的小行家……"，我唱着歌连蹦带跳地从学校往家走。当我走到那一段有树荫的路上时，迎面走来一对颤巍巍的老夫妇，只见那位老奶奶一只手牵着老爷爷，另一只手拿着一把折叠凳子，而老爷爷手里则拿着一把扇子。"咦？散步还拎着一个凳子，这是为什么呀？不是给自己增加负担吗？"我心里嘀咕着，不自觉地留意起了这对老夫妇。老奶奶的脸庞长圆，满头银发，额上布满了一道道深深的皱纹，慈眉善目，给人的感觉十分慈祥。老爷爷的双鬓也已斑白，灰白的眉毛下两只小小的眼睛有点浑浊，上身略往前倾。老爷爷和老奶奶手牵着手，小心翼翼地往前一步一步地走着。他们俩走得很慢很慢，走了没一会儿，他们停住了，老奶奶打开凳子，放在一小块平地上，顺手用衣袖扫了下凳子面，然后扶老爷爷坐下。老爷爷坐下后把手中的扇子递给老奶奶，老奶奶靠着老爷爷站着，手里轻轻地摇着扇子，一下，一下，又一下……这一切都是那么自然，不需要任何语言和提示。随着扇子的扇动，感觉有一阵阵微风吹进了我的心里，就像柳叶绿茶，沁人心脾。

我想，这一幕应该算是人间最朴实无华的真情了吧，真是"最美不过夕阳红"啊！那慈祥的面孔，那暖暖的感觉，都将清晰地印在我的脑海里，我会一直珍藏着这份美丽，直到永远。

第三部分

梦想开始的地方

　　文字没有声音，却能谱出最动人心弦的乐章；文字没有颜色，却能画出春夏秋冬的七彩画卷。文字能描述我丰富多彩的一周，能记录我快乐甜蜜的12个月，能拷贝我成长中的小小烦恼，能留住我天真的童年岁月。如果文字是一片深远辽阔的海洋，我愿是千万条畅游其间的鱼儿中的一条；如果文字是一朵美丽芬芳的鲜花，我愿是成千上万只采蜜的蜜蜂中的一只。

　　　　　　　　　　　　——孙逸飞《梦想开始的地方》

心　愿

陈丽叶

　　我是一个小女孩，一个再平凡不过的小女孩。我不能像刘谦那样巧手变魔术；也不能像蔡依林那样能歌善舞；更不能像谢娜那样随时随地给人带来欢乐……但是，我有一个小小的心愿：我想变成一片雪花。

　　雪花，像天使的眼泪，是晶莹的；雪花，像百合的花瓣，是洁白的；雪花，像少女的心灵，是天真的。当片片雪花在空中飞舞时，那就是上帝送给人类最美好的礼物。

　　我想变成一片雪花，从空中落下时，俯视辽阔的大地；我想变成一片雪花，为松树盖上蓬松松、沉甸甸的雪被；我想变成一片雪花，为柳树铺满毛茸茸、亮晶晶的银条儿，为人们编织出一个美丽的童话。

　　有了雪花的装扮，冬天变成了银色的世界，雪花不知疲倦地飘落，是在不停地给人启示：在银色的覆盖下，绿色正在悄悄地孕育着新的生命，即将迎接的，是一个充满生机的春天！

　　我想变成一片雪花，我更想拥有一颗雪花般的心。那一颗晶莹透明而又纯洁天真的心，让人与人之间变得更加和谐亲切。雪花一片一片地飘落，落在人们的身上，更落进人们的心里。这雪花，给绝望的人们带来希望；这雪花，给悲伤的人们带来欢乐；这雪花，给愤怒的人们带来恬静……我也知道，雪花的生命是短暂的，但我无怨无悔！

　　啊！我真想变成一片雪花，一片晶莹透明而又纯洁天真的雪花！

梦想开始的地方

孙逸飞

　　班主任老师在班队会上向全体同学宣布了一个好消息，我的文章《怎样度过一个有意义的寒假》在中国优秀少儿报刊《作文与考试》上发表了，这是全班同学中第一篇被刊发的作文。刹那间，同学们的掌声雷鸣般响起，这突如其来的喜悦，让我沉浸在幸福之中。

　　手写文字变成铅字印刷体，这欢欣的鼓舞像一只即将放飞的白鸽，投稿《作文与考试》，成为我梦想开始的地方。

　　很小的时候，爸爸妈妈常常给我讲故事、念儿歌，教我背诵唐诗、宋词，激发我对文学的特殊情感。故事和诗词中流淌的语言，优美的意境，奇妙的平仄韵脚，引导懵懂无知的我走进了一片新天地。

　　随着年龄的增长、老师的教诲，我又先后阅读了《安徒生童话》《中华成语故事》《上下五千年》《伊索寓言》《中外名人故事》《中外文学名著简介》等书籍。从这些书中，我懂得了没有梦想，爱迪生将不能享有"发明大王"的美称；没有梦想，莱特兄弟只能默默无闻，飞机的诞生更显得不可思议；没有梦想，法布尔无从观察奇妙而神秘的昆虫世界；没有梦想，诸葛亮只能隆中作对何谈三分天下进取中原；没有梦想，毛泽东还是一个农家中的普通少年，中国人民不知何时才能翻身解放？

075

　　"要为自己的人生插上一对梦想的翅膀，让它带你自由地飞翔。"梦想是成功的源泉，是努力的方向，是大海中的航向灯，是一束温暖和谐的阳光。我要用文字编织一份属于自己的梦想，播下希望的种子，为它耕耘、灌溉，让它发芽、开花。

　　文字没有声音，却能谱出最动人心弦的乐章；文字没有颜色，却能画出春夏秋冬的七彩画卷。文字能描述我丰富多彩的一周，能记录我快乐甜蜜的12个月，能拷贝我成长中的小小烦恼，能留住我天真的童年岁月。如

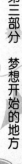

第三部分　梦想开始的地方

果文字是一片深远辽阔的海洋，我愿是千万条畅游其间的鱼儿中的一条；如果文字是一朵美丽芬芳的鲜花，我愿是成千上万只采蜜的蜜蜂中的一只。

　　梦想已经开始，我要带着梦想，从现在开始起航，到达我想要去的地方……

守望梦想

王赫源

"丁零零，丁零零"……大课间时间又到了，同学们争先恐后地涌出教室，个个如小鸟一般，欢呼着跑向操场。片刻，操场就被塞满了！

我无奈地来到窗前，趴在窗台上，望着窗外。篮球场上，几个大哥哥分成两伙开始打篮球，你看他们运球、传球、投篮，很是有模有样；墙边的排球场上，十几个同学在打着排球，你传我，我传你，玩儿得劲头十足，围观的同学们不时地叫好。今天踢足球的同学也特别多，十几个足球在同学们的脚下被踢得滚来滚去。一大群低年级的同学正在玩儿"老鹰捉小鸡"的游戏。凶猛的"老鹰"围着"小鸡"跑得飞快，"母鸡"拼命地保护"小鸡"，可速度太快了，身后的"小鸡"被甩倒了一大片，终于，最后面的"小鸡"被抓到了……整个操场充满了同学们的欢声笑语。

我恋恋不舍地将目光移开，仰望天空，一大群麻雀也赶来凑热闹，它们落在楼旁的大树上，叽叽喳喳地叫着，好像来这里开会，又像是和操场上的欢笑声比赛，一起分享着同学们的快乐！

我静静地坐在窗前，用羡慕的眼神望着窗外的一切，可这所有的一切都与我无缘，我的腿从小就不允许我像别的孩子那样跑来跑去，大课间的30分钟，我只能呆呆地坐在窗前，用我的想象，把自己融入同学们的欢笑声中……

如果我可以有一个许愿瓶的话，我的第一个心愿就是让自己的腿快快恢复，能和同学们一样在操场上飞奔，共同游戏，共同欢笑！

077

一个单亲女孩的幸福理想

夏　海

说到理想，可能有人想成为科学家，发明许多有用的东西，造福人类；有人想成为音乐家，奏出美妙的乐曲，奉献给人们；有人想成为伟大的宇航员，探索宇宙的奥妙；有人想成为画家，用手中的画笔描绘五彩的生活……而我，一个12岁的孤独女孩，仅仅渴望我的父母重新在一起，一家人幸福快乐地生活。

在我5岁那年，我的爸爸妈妈也不知为什么天天吵架，然后两个人都气着离开了家。偌大的房子里只有孤独的我和哥哥，有时我们俩连晚饭都吃不上，只能相对默默地流泪。这样的日子持续了一段时间后，爸妈离婚了，法官将我和哥哥判给了爸爸抚养。

那是1999年4月28日，我永远记得这个日子。我看见妈妈在收拾她的东西，便凑上前去问："妈妈，你要干什么？"妈妈没有说话，只是深情地望着我，泪水一下子涌出来，然后一把将我搂在怀里，冰冷的眼泪落在我的脸上……

妈妈离开了这个家，离开了我们。临出门，她恋恋不舍地望着我们兄妹俩哭了，然后对我和哥哥嘱咐了许多话。从此后，妈妈去了上海，很少与我们联系。

那段时间，我经常看见爸爸独自躲在角落里默默地流泪。我问爸爸为什么哭，爸爸没有回答我，只是一把将我抱在怀里，哭得更厉害了。我问爸爸，妈妈去了哪里？爸爸告诉我，妈妈去了一个很远很远的地方。我接着问爸爸，妈妈什么时候回来？爸爸每次都回答我说快了，说完之后就马上把头扭过去。我知道，爸爸一定在流泪，只是不想让我看见罢了。

慢慢地，我懂事了。我想：如果当时我尽力劝阻妈妈，她一定不会离开，因为她舍不得我们兄妹。都怪我，怪我不懂事。我发誓：长大以后我一定去上海，把妈妈找回来，让我们一家人团聚。

　　每当想起7年前，妈妈临走时的情景、爸爸偷哭时的样子，我的鼻子就不禁一阵发酸，突然好想哭好想哭。我怎么也不会忘记，7年前家里发生的那些变故。我知道，妈妈之所以离开家，就是因为家里太穷了，她受不了那份罪。我的快乐、笑容过早地随妈妈的离去而灰飞烟灭了。

　　泪水伴随着我走过了7个春秋。

　　妈妈走后，我吃了太多的苦。记得有一次，我生病了，整整病了7天。7天啊！那7天对于我来说真是刻骨铭心，偌大的房子，只有孤零零的一个小女孩，那个小女孩便是我。在病魔与孤独的夹击下，我饱受煎熬，我真的连死的心都有过啊！可是一想到被生活压得喘不过气的爸爸、成绩优秀的哥哥、年迈多病的奶奶，还有在上海谋生的妈妈，心中便有了一股强烈的求生欲望。面对家庭的变故，面对人生的不幸，我应该选择坚强。爸爸需要我，哥哥、奶奶需要我，妈妈也一定在默默地牵挂着我。我没有理由软弱，我要好好学习，长大找一份好工作，告别贫穷，告别困窘。

　　我一定要找回妈妈，让一家人重新团聚，过上简单而幸福的生活。这就是我一个单亲女孩的幸福理想！

爱

饶启行

我常常自言自语："爱，到底是什么？"

夏日的夜晚，一声声沉重的"呼呼"声把夜晚的寂静悄悄地打破了。睁开双眼，看见母亲拿着扇子，正满头大汗地为我扇风，为我赶走炎热，把一阵阵凉风带到我身边。母亲这时已经把爱融入凉风当中了，在轻轻地抚摸着我。啊！我明白了，爱就是那为我带来凉爽的一阵风，永远地守护着我。

在一次放学路上，下起了倾盆大雨，我没带伞，被淋得像只落汤鸡。我连跑带跳，像一只无助的小鸡被老鹰追赶。我似乎已经绝望了。就在这时母亲奇迹般地出现在我眼前，递给我一把伞，我接过这似千斤重的伞，感觉到了爱的力量。这时的爱就是一把既普通又无私的大伞，为我遮风挡雨。

在我明白爱是什么时，我已经在不知不觉中给予别人爱了……

上学的路上，我漫不经心地走着，看见路边有许多人在等车。正当我要过马路时，一辆小巴士缓缓地向这边驶来，还没等车停住，大家一拥而上，只留下一个老人。我正要向前走时，发现老人想上车却上不了，因为没人帮她，这时，我连忙走上前扶她上车。我再一次准备走时，老奶奶对我笑了笑。最后，她的笑容在巴士里缓缓消失了。

现在，我不但明白了爱是什么，同时还知道了在你给予别人时，你也得到了别人给予你的爱！

电视机变了

夏俊哲

21世纪的来临，让人们迈上了信息化的道路，科技一天比一天发达。短短的几十年间，人们的生活发生了翻天覆地的变化，在这当中，电视机的变化恐怕是最大的了。

在二十多年前，还只有黑白的小电视机，能看到的节目更是少之又少。但那时候，有这种电视机都是非常了不起的。在一个百余户人家的村子里，一般只有五六户买得起黑白电视机。有电视机的人家晚上将它搬出来，放在高高的桌子上，几十个人就站在坪中围着观看电视节目。

后来，人们想看彩色电视，但一时又没造出来。怎么办？有人就想到在屏幕上蒙上一块红黄蓝三种颜色的膜，这样，人们就可以看彩色电视了。但这种电视的颜色一成不变，非常单调。

不久以后，电视机开始更新换代。人们收入也增加了，家家户户都摆上了小小的彩电。小彩电的颜色变得不像以前那样单调了，人们觉得电视好看多了。可一段时间后，人们觉得小彩电有缺陷：色彩不逼真，屏幕太小。

根据人们的需求，电视机的厂商又推出了大屏幕电视机，人们这才过足了瘾。但人们又发现，这种电视机十分笨重，一台电视机起码有三四十斤，搬运极不方便。更重要的是，这种电视，看久了对身体有害处。这是为什么呢？都是辐射搞的鬼。

因此，厂商又相继推出了低辐射电视机、液晶电视机等等。这些电视机不仅轻便、单薄，而且辐射低。这样高科技的电视机，就能满足人们一天一天变化的需求。

从电视机的变化中我们可以看出，社会是在不断发展的，让我们一起珍惜这来之不易的美好生活，共同开创更美好的明天吧！

做妈妈骄傲的"聪儿"

吕　聪

13年前一个盛夏的清晨，我呱呱坠地，来到了这个美丽的世界。当时天刚破晓，雄鸡啼鸣，多么嘹亮悦耳的声音！刚刚分娩的妈妈扭头看着身边可爱的儿子，心里一动：耳聪目明，对，就叫吕聪！从此，我就是她的"聪儿"了。

听妈妈讲，我小时候很讨人喜爱。一张粉嘟嘟的小脸，一笑露出两个大酒窝儿，一双圆溜溜的大眼睛特机灵，看到了人就开口笑，就伸手让人抱。大人们都说："这孩子真聪明！"那时我是妈妈的骄傲。

可是在我刚刚蹒跚学步时，病魔从天而降，从此我再也听不到妈妈的呼唤，再也听不到雄鸡的鸣叫……一切声音都离我远去了——我成了一个失聪的聋儿。

082

求医寻药，妈妈的泪水伴我走过了童年。该上学了，看着小朋友兴高采烈地背上书包，我望着妈妈："我也要上学！"妈妈无奈地摇摇头，搂着我默默流泪。后来，听人说县城有一所专门教聋哑儿的特校，妈妈就带我急匆匆地赶了过去。报名时，一位和蔼的女老师问我：

"叫什么名字？"妈妈说："他叫吕聪。"

"吕聪？"老师沉吟一会儿，"好，这名字好！虽然听不见了，但脑子好使，有智慧，就一定有出息！"

我望着深情注视着我的老师和妈妈，似懂非懂地点点头。

来到赣榆特校已经六年了，从a、o、e开始，跟老师学发音、学说话、学计算、学做人、学生活……我没有让妈妈失望，每年的成绩单上都是双科状元；我也没有让老师失望，每年都被评为三好学生。现在我逐渐读懂了老师的话，明白了妈妈的期盼。我已能正视自身的缺陷，耳朵听不见了，我还有明亮的双眼，还有健康的手脚，还有聪明的头脑。没有什么困难挫折能挡住我前行的脚步。读完了小学，我还要读中学、念大学，我一定会成为妈妈骄傲的"聪儿"！

第三部分 梦想开始的地方

回家路上

俞小平

车窗外，雨一直下着，连绵不断，让我觉得，它再也停不下来了。我看了一眼满脸悲伤的妈妈，心情越发的沉重，如同外面阴沉沉的天。

过几天，就是外婆的忌日了。现在，我和妈妈正在回家的路上。

我把车窗拉开一点点缝隙，一股凉风扑到我的脸上，心里顿时开朗了不少。调皮的雨从车窗缝里钻进来，跃到我的身上，随后，消失了，只留下点点水渍……火车发出"轰隆，轰隆"的声音，如同催眠的咒语，让我渐渐地进入了梦乡……梦中，我看见外婆正对我讲着那则睡前常听的故事……

突然，小孩的哭闹声惊醒了我，我闻声望去，只见一个很小很小的婴儿被一个满面慈祥的老奶奶哄着，老奶奶轻轻地摇晃着婴儿，温柔地唱着摇篮曲，一遍又一遍，不厌其烦地唱着，婴儿也不闹了……我的心中突然冒着酸酸的泡泡，不知道，外婆以前是否也曾这样温柔地抱着我，哄着我，唱摇篮曲给我听？

"你外婆以前也是这样哄你睡的。"

正在我想得入神时，妈妈那温柔的声音传来："你小时候，总是特别地爱哭。每次睡觉，睡到一半的时候，就醒了，然后就哭，你外婆就起来给你讲故事，还半夜给你找橘子吃。还记得我第一次带你去外婆家，你外婆可开心了，因为你外婆看不见，就用手摸摸你的眼睛、鼻子、嘴，还念叨着'真好'，你外婆经常抱着你在雨天的屋檐下看雨、听雨，你总是坐一会儿就不耐烦了……"

我看着那个可爱的婴儿，已经在老人的怀里甜甜地睡着了。老人抱着婴儿，看着窗外的雨，似乎若有所思。我想：外婆那时候在想些什么呢？当我回过神来，老人已抱着婴儿沉沉地睡去。

我看着窗外的雨，想起妈妈的话，心中暖洋洋的。雨，仍然下着，连绵不断；火车依然发出"轰隆，轰隆"的声音，离家的路越来越近了……

静

屈佳楠

夜，很静，霓虹闪烁，启明星依旧是最亮的一颗。当圣洁的紫罗兰迎着朝阳绽放时，我发现，静，是美好的。

乡村的小桥流水，潺潺的流水声远远胜过城市的繁华与热闹；素雅的窗帘随风而起，独自一人望着黑暗中的烛光，明亮而又朦胧，那些金碧辉煌的华灯只能望而却步；沏一杯茶，轻气袅袅，茶叶上下翻转，一点点泡开，空气渐渐散发出一股股清香，这一切是那么的平和安宁。无欲的生命，安静的姿态，就像粉嫩的婴儿，两片刚钻出地面的叶子，庭院里晒太阳的老人，靠在绿树上晨读的少年。静，总是安宁的。

夕阳下，躺在碧绿的草地上，仰望天空，微风习习，心中没有一丝杂念，眼中只有美丽的云霞，耳边只有风儿拂过芦苇丛的沙沙声；不远处的花藤缠绕在围栏上，一圈又一圈，向上伸展着；偶尔有落叶慢悠悠地飘落下来，停驻身边或是身上，它无法扰乱我的安静，我静静地看着，心不再是漂泊的落叶，而是根植于大地的古树。静，是淡泊的。

冬日，寻一方阳光，手捧一书，静静享受太阳的温暖；夏夜，搬一把椅子到外面，依偎在奶奶的身边，看着满天的星斗，万籁俱寂，此时无声胜有声。静，是和谐的。

静是古琴弹奏出的平湖秋月，静是毛笔描绘出的水墨山水。静的世界是美丽的……

085

童年·夏天·拔苗记

李 丹

在童年的海洋中，常有浪花漂动，有的色彩比较单调，但有的却光彩夺目。现在，就让我托起一朵浪花，拾起一片贝壳，把这其中的故事告诉你吧！

那是一个夏天，天气虽然炎热，阳光却很灿烂，我的心情也异常得好，因为我要和妈妈一起去劳动——为家里的小鸭子拔草，顺便也可以玩玩儿。来到农田地里，满眼都是绿油油的禾苗，还有一些忽飞忽落的小鸟，美丽极了。还没等妈妈说话，我早已一头埋进地里开始干了，还颇为得意地说："妈妈，我们比赛吧，看谁拔得快！""好啊！"妈妈头也不抬地说。我鼓足力气，刚要开始，忽然看见地垄上一棵接一棵的草又嫩又方便拔，太棒了，这样就能得第一了！我拔，我拔，我拔拔拔！

十分钟过去，我回头看看被我"扫荡"后的田地，都已经成了"秃子"了。再看看妈妈的战果，明显没我多。我拿着"战利品"开始向妈妈炫耀："妈妈，你看我都拔了一箩筐的草了，你才拔那么一点点。"妈妈抬头看了一眼，忽然表情僵住了，大叫一声："我的苗！"相信大家这时候也一定都猜到了，原来我拔的都是种下的小苗，根本不是野草！难怪它们会如此规矩地生长。无奈，拔下的小苗无法再种植回去了，下午回到家，我把小苗喂给小鸭，它们似乎感觉到了这次的"草"与以往有些不同，吃得格外香！

童年一去不复返，可那些曾有的故事，却时时萦绕于脑海，挥之不去……

故乡在我记忆里

张家明

重回故乡，我默默地寻找自己丢失了20年的梦，那一个个童年的梦。

忘不了童年的大院。记忆里，十几个孩子天天从青石大门进进出出，大家一起上学、打猪草，一起偷偷溜去游泳、捉螃蟹、掏鸟蛋……每到夏天，我们总是玩到月亮爬上院后的山坡，或是星星布满夜空，才躲躲闪闪地回家。现在，低矮的瓦房不见了，石砌的院墙不见了，青石板小路不见了，一栋栋小洋楼立了起来，金色的琉璃瓦耀着我的眼，只有那孤零零的青石大门寂寞地面对着夕阳，似乎还残留着我儿时的梦。

忘不了童年的池塘。一到夏天，池塘里就扎满了赤条条的孩子，不分男女，比赛着扎猛子，摸石头。我最喜欢摸那些躲在石缝里的虾子了。捉住虾子，掐去头，剥去壳，把透明的虾肉丢进嘴里，轻轻一嚼，甜甜的，咸咸的，让我现在也回味不已。如今，一条宽阔的马路横贯东西，清清的水没了，嘎嘎叫的鸭子没了，赤条条的孩子也没了，只剩下一道残缺的堤坝，还有在风中摇曳的芦苇。

087

忘不了童年的伙伴。走进宽敞的院落，一个六七岁的小女孩给我开门。进门，我看到了菜娃的妈妈。头发花白的老人告诉我，菜娃两口子都出去打工了，就留下孩子陪着自己。孩子倚在奶奶怀里，笑盈盈地看着我，还有我身边的儿子。我挥挥手，让她们一起去玩。看着两个孩子手牵手进了里屋，我依稀看到了我和菜娃的影子。

就这样寻找着，失落着，一个声音对我说：别再寻了，别再寻了，你的故乡只能在你的记忆里了。我明白，我的故乡真的只能在我的记忆里了。

第三部分　梦想开始的地方

老家的桃树

杨济霞

　　我的老家只有六间矮小的瓦房，与两家邻居的房子紧贴在一起，就像北京的四合院一样。大家白天劳动，晚上围坐在一起摆龙门阵，其乐融融。

　　院子前面有几棵桃树，是奶奶亲手栽的，现在已经有十多年了。一到春天，满树粉红的桃花，就像一个个害羞的少女，蒙着粉红的面纱。桃花谢过，毛茸茸的青桃缀满了枝头，我就盼着它们早些成熟。桃子终于成熟了，奶奶就带着我去摘桃子。奶奶一摘下来，我就往嘴里送。这个时候，奶奶的脸上总会露出慈祥的笑容。那笑，让我小小的心充满了温暖。

　　奶奶是个热心肠的人。桃子摘下来，她总会选一些好的送给邻居们。有一天，我回家，看见门后有一大筐桃子，正想拿一个来吃，却发现全是坏的。我感到很奇怪，奶奶说："我选了一些送给邻居们了。"我有点儿不高兴："为什么拿好的送人呢？""都是几十年的老邻居了，送别人坏的，多不礼貌呀。"看我嘟起了嘴，奶奶笑着说："别急，别急，给你们留着呢。跟我来！"跟着奶奶走进里屋，只见地上摆着满满一篮子又大又红的桃子，我高兴极了。奶奶弯下腰，拣起一个桃子，小心地用刀子将皮削掉，递给我："快吃吧！很甜的。"奶奶看着我吃桃子，那慈爱的目光，让我感觉好温暖。

　　8岁那年，我和爸爸妈妈离开家乡到了重庆。桃子成熟的时候，妈妈总会为我买桃子吃。可我吃着这些桃子，总也感觉不到奶奶的桃子那种"甜"。

　　今年春节回老家，老远就看见奶奶站在掉光了叶子的桃树底下等着我们。走近奶奶身边，看着那熟悉的笑，只觉得心里好温暖，好温暖……

妈妈的爱快回来

徐　宽

　　虽然我有一个妈妈，但在我的心目中却有两个不一样的妈妈。有时，我真不想长大，这样就可以再次回到当初那个爱我、疼我的妈妈的怀抱。

　　在我的记忆中，妈妈对我很关心，可以用一句话形容："捧在手里怕没了，含在嘴里怕化了"。妈妈对我的关心无处不在。中午放学，我的肚子早饿得"咕咕"叫了，飞快地跑回家里，进门一瞧，餐桌上早已摆好了热乎乎的饭菜，看着我狼吞虎咽的样子，妈妈总会微笑着对我说："别着急，饭还有呢。"晚上，我在灯下写作业，妈妈就拿出织针与毛线，一边陪我写作业，一边为我织毛衣，渴了，一抬头，妈妈端来的白开水已摆在桌角；冷了，妈妈不知何时为我披上了一件衣裳。尽管长夜漫漫，学习很累，但有了妈妈的陪伴，我的小屋总是充满温馨。雨天放学，妈妈总会冒雨为我送来一把伞；冬天还没到来，妈妈就提早为我做好暖融融的棉裤。在妈妈的精心照料下，我的学习成绩在班级里名列前茅。即使考不好，妈妈也总是鼓励地对我说："儿子，不要灰心，你是最棒的。"听着妈妈鼓励的话，我的身上好像又增添了无穷的动力，心里热乎乎的。

　　时间过得真快，一眨眼，我上小学五年级了。我由小变大，妈妈也悄悄发生着变化。不知什么时候，妈妈学会了打麻将。自从妈妈迷恋上打麻将，就好像变了一个人似的。家里很少能看到妈妈的身影，每天放学，总是门锁看家。进不去家门，我就前院找，后家问，终于找到了妈妈。妈妈显得很疲惫，脸色苍白，眼角充满了血丝，一看就知道又玩儿了很久。妈妈没有回家，而是把钥匙递给我，又往我手里塞了几块零钱。回到家，屋子里冷冰冰的，没有一丝温暖。打开锅，锅里也没有一粒米。我匆忙吃几块饼干去上学，经过院子，看家的大狗饿得也冲我"哼哼"直叫。有时，妈妈还会找几个人回家里来打麻将。我写作业的时候，"哗啦、哗啦"的麻将声不绝于

089

第三部分　梦想开始的地方

耳，吵得我心里乱七八糟的，我时常捂上耳朵，望着作业本发呆。

　　期末的考试成绩出来了，我由班级第四名下滑到了第八名，这对于我来说，是多么令人伤心的事啊。刚进家门，妈妈就跑过来问："儿子，考得怎么样？"得知是第八名，妈妈严厉地对我说："以前你可没考过这样的成绩。"妈妈虽然没有责备我，但我的心里已是一肚子的委屈。妈妈，你怎么变了，变得让我觉得这么陌生。你以前是那么爱我疼我，为什么学会打麻将之后，就不管我了呢？你知道我的感受吗？当我学习困倦的时候，也需要一个肩膀靠一靠，而那时，你在哪里？当我独自一人泡着饼干的时候，也想喝一碗热乎乎的小米粥，而那时，你又在哪里？难道打麻将比儿子的前途更重要吗？我不相信妈妈不爱我了，我真渴望妈妈远离麻将，重新回到我的身边。

幸　福

张　颖

"我爱我的家，爸爸妈妈……"每当听到这首歌时，我总会情不自禁地跟在后面哼上几句，总会不由自主地想起那件温馨的往事……

去年秋天，我的眼睛发生了意外，需要动手术。那些天，我的心里总是忐忑不安，老是想着：手术会不会很疼？医生万一失手，我会不会双目失明？

特别是动手术的当天，我的这种担心就更明显了。我躺在床上，全身竟不由自主地颤抖着，手心里都是冷汗。爸爸看出了我紧张的情绪，便坐到我的床边，轻轻地对我说："反正现在离手术还有一段时间，我们不如去附近的公园玩会儿？"我点着头答应了。

来到公园，我的心情舒畅了许多，开始在草地上和爸爸妈妈不停地追逐嬉闹着，打滚、捉蝴蝶、赛跑……

就在这一连串铃儿般的欢声笑语中，那些烦人的担忧渐渐地离我远去，我感觉整个人轻松了许多。

快到动手术的时间了，爸爸妈妈把我带回了医院。就在被推进手术房的那一刹那，我竟又慌张起来，心房里像瞬间跑进了一只活蹦乱跳的兔子。妈妈看见我紧张的样子，赶忙跑上前，趴在我的耳边亲切地说："乖女儿，别紧张，好了我请你去吃肯德基，吃奥尔良烤翅！"也许是烤翅的诱惑，我心中的那只"兔子"安分了许多。

手术进行得很顺利，大约3个小时后，我缓缓地苏醒过来。由于蒙着纱布，我什么也看不见，但我却发现自己的手正被一双温暖有力的手紧紧地握着，那是爸爸的手，我的心渐渐安静下来。麻药效果过了，我的伤口开始隐隐作痛，我不由得轻轻地叫了起来。妈妈听见了，连忙对我说："乖女儿，妈妈给你唱个歌怎么样？"接着我的耳边便响起妈妈柔和的声音，

"我爱我的家，爸爸妈妈……"在这歌声中，我静静地睡着了，睡得很甜………

如果你问我幸福在哪里，我会毫不犹豫地告诉你，幸福就在爸爸的手心里，幸福就在妈妈的歌声里，幸福就在我的身边……

心 灯

范雨婷

冬天的傍晚，天总是早早地就黑了。走在老家那条幽静、漆黑的小巷中，我常常感到一阵巨大的恐惧向我袭来。每次提心吊胆地从巷口走到家中，我的后背都湿了一大片。我怕，真怕走这条回家的必经之路。

又是一个天早早地就黑了的傍晚，我又一次独自跨进了这条小巷，准备再次经受恐惧的考验。意外出现了——小巷的中间亮起了一盏灯，一盏普通的白炽灯。它射出朦胧的光，照亮了整条小巷，也温暖了我的身心。第一次，我轻松地走完了这条令我望而生畏的小巷，愉快地回到了家。

我没有告诉妈妈这个令我惊喜的变化，我要让这个惊喜成为我一人独享的秘密。我也没有去想，为什么会突然有了这样的变化。

直到那一天。当我再次走过那盏灯时，我听到一位阿姨不满地埋怨："天天平白无故点着灯，家里要多交多少电费你知不知道？"然后是一位叔叔平静地回答："点个灯，把路照亮，来来回回的人多方便！""你倒是会做好人！"阿姨似乎不再生气了。叔叔调皮地对她说："非也，是我们一起来做好人。"一阵会心的笑声响起。

啊，原来是这样。我也不由得笑起来，心，感到更加温暖，脚下的这条路，变得格外明亮。

冬天过去了。春天来临的时候，一个大大的"拆"字写上了小巷的墙。令我深感惋惜和遗憾的不是我住了十来年的老家将不复存在，脑海中第一个迸出的念头是——啊，那盏小巷里的灯！我真舍不得它也被拆除，我真希望它永远亮在那里！

搬走的前一晚，我在小巷的这盏路灯下，静静地站了片刻。我甚至不知

093

道那对好心的叔叔阿姨长什么样，但我永远不会忘记他们为每一个过路人点亮的这盏灯，为我点亮的这盏心灯……

寒夜中，哪怕只是为别人点亮一盏小小的灯，就等于为他送来了整个温暖明媚的春天。

妈妈，我的好妈妈

原鑫彬

清晨的太阳，映红我的脸庞。太阳多温和啊！多像我的母亲。想起了母亲，这阳光下熙熙攘攘的尘世，使我的思绪绵延不绝⋯⋯

不知不觉来到花店门前，眼睛突然一亮，我记忆中的母亲，好像与这鲜艳的花儿有关。店主笑吟吟地说："今天是母亲节，买一束花吧。"我心里一颤，啊，今天是母亲节，可我从来没有想起过。我这才确切地忆起母亲是很喜欢花儿的，各种各样的花儿都喜欢，我掏空了衣袋，一样一束地买了一大把。我把花儿紧紧地搂在怀里，低下头来看它们会笑的神态。

想起妈妈，妈妈在7年前离开了我。每每想起这些，总会让我心痛不已。母亲一直用温和的眼睛注视着我，即使在我生病、犯错误的时候，她也一直用温和包容着我。记得一次，我生病了，整整一天，生活在胡思乱想中，高烧让我做尽了噩梦。忽然，一双有力的手把在悬崖边上徘徊的我拉了回来。我努力地睁开眼睛，却发现母亲温柔的双眼，一直在注视我。"妈妈，你为什么不休息？""孩子，妈妈不放心！"一双温柔的手抚摸着我的脸颊。哦，我多幸福啊，沐浴在母爱的怀抱中。

我向母亲的坟走去，杂草丛生，呜呜的冷风吹过，草丛流水一般的响起。啊，母亲。在您生前，我没有给您买上一束鲜花，没有正经地给您过一次生日，今天在您的墓前，我才想起了这些。我把鲜花一一插在母亲的坟上，花儿随风飘动，弥漫出的香气，仿佛母亲飘然而至。五彩缤纷的花朵，仿佛刚刚从童年的花园中，从母亲的花园中采摘下来的，带着露珠湿润的清亮。

树林"哗哗"作响，一只鸟儿啼叫着飞向天空，飞向太阳。哦，对了，母亲在生前一直希望自己死后变成一只飞翔在天空的鸟儿。母亲，是你吗？眺望昼夜不息的海水，我恍然大悟：那是一条永不枯竭的母亲河啊！一瞬间，灵魂浸入了波涛滚滚的江水。

月华如水好读书

周雨晴

　　我可以享受着读书带给我的那份独有的乐趣。

　　在一个静静的夜晚，轻轻打开一盏橘黄的灯，我当时在看两本书，一本名字叫《读书的乐趣》，我认为也可以叫《读书之乐》，在这本书里记着一句诗，"举头望明月，低头思故乡"，我仿佛看到一个青衣飘飘的充满智慧的诗人吟唱着从我的面前轻轻地走过，留下一个飘逸的背影……

　　另一本书叫《一起》，我仿佛和书融为一体，我跟着她一起流泪一起悲伤，一起快乐做手舞足蹈状，我就是故事中的一员，我和书本一起呼吸，在书的广阔时空里自由畅想。

　　我特别喜欢买书，有书为友，我感受着书中酸甜苦辣的滋味，体味到书中海纳百川的胸怀，我乐在其中。

　　夜深了，我感受着这份静谧，享受着这份静谧。窗外月色如水，草虫呢喃，窗口映出一个浅浅的挑灯夜读的身影。人们常说"开卷有益"，也有人说"开卷未必有益，看了那些不健康的书籍反而有害"，我们少年儿童一定要擦亮眼睛。

　　和健康有益的书籍在一起，我的思想也在快乐地奔跑。

石榴花又红了

李 晶

小姨，石榴花又红了，你却远离我们而去了。如果你还在，一定是一朵火红火红的石榴花。

记得石榴花第一次开的时候，你站在树旁，笑着问我："晶晶，小姨像不像一朵石榴花？""不像，一点儿也不像。""为啥？"小姨歪着头问我，"你说过，火红的石榴花，象征着青春，富有活力，而你呢，动不动就掉泪。"你勉强地笑了笑，说："是啊，今后我不这样了，一定做一朵火红的石榴花。"我乐了。再看你，可真像一朵绽开的石榴花。

几个月过去了，你被送进了医院。从此，你的脸上失去了往日的笑容。那是一个灰暗的早晨，你拉着我的手，呆滞的眼神里闪着晶莹的泪花："晶晶，小姨要去了，要去一个很远很远的地方……"声音是那样的颤抖，那样的微弱。"小姨，你不是还要做一朵燃烧的石榴花吗？""晶晶，小姨是做不成石榴花了。希望你能实现小姨的遗愿。"我没有说什么，只是用力点了点头。就这样，一朵鲜艳的石榴花过早地凋谢了。

小姨，如今你已经走了3年了，可我还能清楚地记得那天的情景。你静静地躺在床上，拉着我的手，让我唱您教的那一支歌，而我怎么也唱不出来。今天，在石榴花又红了的今天，我为你唱一遍吧："石榴花儿红，石榴花儿红，那是一团火……"

小姨，你听到了吗？我唱得好吗？明年石榴花开的时候，我再给你唱。

097

爸爸，我想要个完整的家

夏姚燕

　　每个人都希望有一个幸福美满的家。可是当别人问起我的家庭时，我却不知如何回答，常常敷衍道："很一般。"但这三个字却掩饰不住我内心的伤感。许多年以来，爸爸上网成瘾，经常跟妈妈吵架，甚至打架。一旁的我时常有一种发自内心的悲伤，有时整晚睡不好觉。每当夜深人静的时候，我也不知道为什么总有一种莫名的心痛，甚至不敢想象今后的事，一种无形的恐惧困扰着我的心灵。可是不管妈妈怎么做，爸爸终不肯回头，最终他们以我最不愿意看到的方式结束了他们的争吵。

　　离婚后的爸爸更加沉默孤独，整天沉浸在电脑游戏里，一泡就是几个小时，甚至十几个小时，通常要到凌晨两三点才睡，天天如此。我真想劝劝爸爸："不要再玩儿了，让我们把这破碎的家整理一下，开始新生活吧！"我多想对爸爸说："快回来吧，爸爸，不要再被电脑游戏迷惑住了。"可我却没有勇气对他说，毕竟他是爸爸。整天不务正业的爸爸没有以前那样有精神、那样有男子汉气概了，总是低着头走路。虽然他只有三十九岁，可看起来就像五六十岁的老头儿，满脸皱纹，白发渐生，日渐消瘦。虽然我可以住在妈妈那里，虽然继父也非常关心、非常疼爱我，虽然从生活上、学习上、感情上妈妈和继父都给了我无微不至的关爱，但想到孤独的爸爸，我还是留在了原来的家。我时常想，如果爸爸再给我找一个继母，也许会好一些。但继母会不会有妈妈那么好？能不能和爸爸合得来？在这种矛盾的心情中，我和爸爸日复一日地生活着。

　　在一个阴雨的星期六，我独自一人在户外溜达，一个小朋友在玩耍时摔倒在积水里，他的妈妈迅速帮他换掉了湿衣服，她的动作是那么亲切，她的眼神是那么慈祥，我心碎了，我明白了：没有妈妈，就感觉不到家庭的温暖，我们的生活就会一直这么孤独寂寞，有了妈妈，爸爸才会享受到家庭的快乐。于是我鼓起勇气对爸爸说："我希望……希望你再给我找一个妈妈，让这个家更加完美吧！"爸爸紧紧地抱住我落下了几滴眼泪，什么也没说。我不知道我的话有没有作用，我只希望爸爸能真正振作起来。

生活难免会有坎坷，人也难免会跌倒，但真正的男子汉应该是跌倒了还能站起来。我不知道爸爸内心的想法，但我只想告诉爸爸，我希望有一个完整的家，一个充满朝气的快乐的家。

你能完成我的心愿吗，爸爸？

第三部分 梦想开始的地方

一床被子

李梦钰

不知从何时起，那份浓浓的亲情在我的脑海里徘徊，挥之不去。

记得那是一个夜深人静的夜晚，我们一家人正在看电视，妈妈却突然对我说："你在学校只用一床被子，冷不冷？"我本来穿衣服、叠被子就比同宿舍的同学慢，当然不愿意再要一床被子，就生气地对妈妈说："没有这么冷，我不要。"

第二天清早，爸爸把我送到学校。上完一天的课以后，吃完晚饭我在教室里上晚自习，不知什么时候屋外刮起了风，我感到教室里凉飕飕的，心想：宿舍里面可千万别这么冷啊！可是，这天气好像故意和我作对，回到宿舍里，风不但没有停，还下了一阵小雪，我感到冷极了！

突然，一个熟悉的身影向我走来。我走近一看，果然是我的妈妈。

妈妈一双疲惫的眼睛看着我。我的妈妈，那瘦瘦的、血管鼓鼓的手里抱着一床厚厚的被子。妈妈走进宿舍，把被子放在床铺上，对我说："天气越来越凉了，要多加一床被子了。"说完，她又从那黑色的皮包里掏出一袋饼干，放在我的手里："我知道你有时吃不上饭，经常挨饿，我特意给你买了一袋饼干，饿的时候就吃吧。"我哽咽了，眼泪在眼眶里打转，几乎模糊了我的视线。

我对妈妈说："我用被子，你们不就没有被子了吗？你们拿回去盖吧。"妈妈对我说："我和你爸爸没事，只要你好就行了！"宿舍里其他几个孩子也围了过来，对我说："你真幸福。"我自豪地点了点头。

妈妈对我无私的爱，我永远也不能忘记，只能用自己最好的成绩来回报父母。

重拾母爱

余晓萱

　　"母亲"多么平凡的字眼，但这里面却包含了我对母亲的敬意和感谢。在我的印象中，经常有几个熟悉的面孔映入我的脑海中，最深刻的有那百看不厌的生身母亲，还有一个也让我记忆犹新，那便是素不相识的一位母亲……

　　国庆假期中，在我的苦苦央求下，母亲才同意带我到一个固定摊位享用早餐。吃饭期间有一些拾荒者在地上捡顾客们随意乱扔下的方便盒。我不喜欢看他们，实在太肮脏了，会影响我的消化功能的。

　　母亲细心地观察了一下这里所有的用餐者，插话道："你知道她么？她怪可怜的。"

　　我随着母亲的目光谨慎地向那个蠕动的身影瞟了一眼，陌生中带有几丝熟悉，那苍白的头发，银灰的衣服是多么的显眼，时常在我的眼前晃来晃去。我洗耳恭听，准备听母亲讲一个悲惨故事——诸如可怜老人被自己的子女遗弃。事与愿违，母亲却说："你别看她表面上没什么，我觉得她内心的痛苦是一般人承受不了的。她有两个女儿，但你可能猜不到，其中一个患有绝症，另一个却是白痴……"我有些诧异，原来一直边吃边听的我顿时目瞪口呆，觉得牛肉面不再像以前那样鲜美可口了。

　　我再一次侧过身子，目光紧紧地向那个身影投去。她的脸上已没有任何痛苦的表情，只有平静，平静得让人感到恐怖。

　　我忽然像被一种窒息的感觉笼罩了起来，我为这位母亲而难过，对这些"拾荒者"的憎恨也一下子被一种浸染着悲情的母爱稀释了，也让我对这位母亲有了更深一步的同情。

　　母亲接着说："我看她蛮可怜的，就送给她一些东西，但别人却说我不该给她，说我乱施舍……"

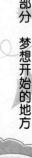

第三部分　梦想开始的地方

我向四周望去，这里每一位不可思议的用餐者脸上都洋溢着一丝丝笑意，难道他们已经把心灵的温度忘却了？我见到过少男少女们对拾荒者的厌恶，大腹便便的中年人对拾荒者的训斥，生意兴隆的老板对拾荒者的驱赶……但我自己送去的不也是那冷漠的眼光吗？

我再一次把眼光投向那位已有祖母般年龄的母亲，瘦弱的身子裹着一件非常单薄的衬衫，树枝般的手在怀里紧紧地抱着那几个不屑的方便盒。一瞬间，她走到了一个穿着俏丽衣裳的女子脚边，在那锃亮却刻意避开她的鞋子中间扒拉着几个方便盒……她一直是先前的表情。

从她那眼神里，我看到了悲伤的血液早已在她那乞讨一般的日子里流失，苦难的她需要的已不是同情和怜悯了，她需要的只是那带着泥屑的几毛钱……

可怜天下父母心呐！这位母亲让我知道了母亲一步步把我们抚养成人有多么不容易。母亲，我要深切地对你说一声："谢谢您，我的母亲！"

一片落叶的故事

廖珊慧

一

一阵风吹了起来，把落叶给吹了下来。

它茫然地看看四周，等待着下一阵风的到来，等待着那替它选择生活的人，等待着命运的安排……

风把它带到北方去，它就去北方；风把它带到南方去，它就要去南方。

它不知道自己到底要去哪儿？也不知道自己最终要去哪儿？更不知道自己要做些什么，只知道跟着风走，随着风飘，度过生命中的一天又一天……

二

有一天，它又回到了自己的母亲树下，在那等着风把它带到另一个地方。

老树见了，摇了摇头，问："孩子，你这一生要干什么呢？就这样过吗？"

"我……我也不清楚。"落叶一双茫然的眼睛看着前方。

"不清楚？""老树狠狠地说道，"那你就不配做一片落叶！作为一个有灵魂的东西，就不应该在世上'混'，就不应该以一个没有目标，不知自己在干些什么的姿态活在世上！"老树振振有词地说。

"一片落叶，只要有了那种有理想、有目标的生活，才是一片真正的落叶，那才是真正的生活，那你才是真正活在世上！"

落叶睁大眼睛，似乎明白了，又似乎没明白。

它默默地想了想，走向了泥土，一阵风又刮来了，沙沙作响，似乎在招呼这位老伙伴，但落叶没有去。

"那才是真正的生活！"落叶笑了，它终于找回自己，一个真正的永恒的自己……

如今，它已经想好了，树妈妈所说的"目标"：它要在泥土里长眠了，为新的叶子们献身……

妈妈，请表扬我吧

谢 尧

妈妈，请表扬我吧！这话憋在儿子心中很久了。

也许，您听到这句话，会皱眉头；也许，您会重弹那些老调："只要你取得好成绩，表现好会不表扬你吗？"可妈妈您想想，实际上您又夸过我几回呢？说真的，得到您的表扬太不容易了！多少回了，您不是鸡蛋里挑骨头，就是对我的成绩和进步轻描淡写啊。

就说上个星期五的下午吧。半期考卷发下来了，我一看，心花怒放！100分！一个鲜亮耀眼的100分！老师表扬我，同学们向我投来羡慕的目光，我心里美滋滋的。放学了，我兴冲冲地往家赶，欢天喜地地把考卷拿给您看。我期待着您和我一样喜出望外，然后好好地表扬我一番。但出乎我的意料，看过我的成绩后，您正要说话，可突然像发现了什么似的，于是又细细审视起我的考卷来。渐渐地，您皱起了眉头，最后指着考卷对我说："你这写得是什么字啊，歪歪扭扭的！短文问答题语句也不顺畅，还得100分，真是的！"说完，把考卷一丢，转身走了。我多么委屈啊，当时就哭了，哭得很伤心。这些，妈妈您知道吗？

您还记得那一次吗？班会课举行"发现优点，完善自我"的活动，老师让同学们把自己欣赏的一位同学的优点罗列在纸上，然后上讲台宣读。当我看到同学们列举了我那么多优点时，开心极了，就把他们写的带回家给您看，想让您也表扬表扬我。可妈妈您看了我带回的纸条后，竟严肃地对我说："优点是不少，可你要清楚，你身上的毛病也挺多，自己进屋也把它列举一下吧！"我听了，多么沮丧啊！

妈妈，家里的墙上贴满了我的奖状。可是，很多时候这些奖状似乎也成了我的"罪证"。每当我犯错时，您就指着它们，告诉我哪儿与哪张奖状不符！妈妈，我知道您这是"望子成龙"，是"恨铁不成钢"，可是，妈妈，我也需要欣赏和鼓励，特别是您的表扬啊！

噢，那熟悉的眼神

刘 林

那高挑的显得瘦削的身影，那习惯性皱着眉的脸，还有那双正盯着我的充满关爱的眼睛……在马路的拐角处，在与我对视的那一刹那，他立刻转过身，跨上自行车消失在人群中，再也没有回头。但我还是认出了那眼神，我再熟悉不过的眼神。顿时一种十分奇妙的感觉流遍了全身……

爱打篮球的我一放学就冲进了球场和同学"厮杀"，可是不小心摔伤了膝盖，回家途中正好遇上下班的老爸，"带我回去吧，我实在痛得走不动了！"

爸爸慌忙地下了车，惊讶地看着我的伤口，盯了几秒，皱了皱眉说："这点小伤算什么，要打球就得付出代价，自己走回家！"我以为那只是一句玩笑，很自觉地往车上坐。不料老爸把我推开，自顾自地，飞快地骑走了，远远抛下一句话："自己走回家！"

爸爸就我一个孩子，我一向以为我是父母的宠儿。但我从来没有想到，在我最需要帮助的时候爸爸居然冷漠地抛下了我。我看着他远去的背影，又看了看自己血肉模糊的膝盖，一阵凉风吹过又是一阵钻心的疼痛……"自己走回家？"我心里又是气愤又是委屈，"虎毒还不食子呢！我——不走了。"不过一想，万一不马上清洗，伤口发炎怎么办？苦的还不是自己，干吗和自己过不去呢！于是我憋了一肚子的气一瘸一拐地往家走。

然而我还没走几步，无意中一抬头，却在马路的拐角处又看到了老爸的身影……

我突然明白了，老爸虽是飞快骑车走了，可是并没有骑出多远，离我不远的某个角落，他用他的眼神守护着我，就因为老爸在拐角处的那个眼神，我似乎立刻明白了先前老爸那句话中的另一层意义，明白了他那一份深藏的爱。我也想起了他常对我说过的话："人生的路很长，父母不可能一辈子都牵着你走，自己学走路时难免要摔跤，但是你从哪里摔倒了就要从哪里爬起来，有麻烦也要学着自己解决，不能总是依赖父母。"

这时一股暖流从我心底悄悄升起，我也开始觉得伤口不那么疼了。爸爸在看我伤口时的那种惊讶的神情和随后的那个习惯性的皱眉，都是我所熟悉的，然而他在拐角处的那个眼神我更感到熟悉。这时不知不觉一肚子的气也消了，顿时觉得浑身轻松。在路上我这负伤的人是那么抢眼，有好心人说，"小兄弟，不要紧吧？要不要我送你回家？"都被我用老爸的"名言"婉言谢绝了，"我能行，我能自己走回家！"

我很快就走回了家，打开房门一眼便看见了桌上的两个棕色小瓶——一瓶是过氧化氢，一瓶是紫药水。书房里，只看到老爸一个背影——他正在看报。他的肩膀似乎是动了一下，但还是没有起来："自己搽药吧。"

第三部分　梦想开始的地方

亲情的味道

董晓凤

父爱如山，如山的沉稳，如山的厚重……母爱似水，似水的体贴，似水的柔情……

母爱是酒，让我沉醉其中，流连忘返。父爱也许有时候很严厉，但严厉的背后是不易察觉出的些许温柔。有母爱与父爱为我护航，风风雨雨，山山水水，无畏无阻！

妈妈，您在我七八岁时就让我做家务。对此，我迷茫过，后来我明白了：真正的爱，就是放手让我们去经受磨炼，体验人生百味。一个人的生命中，必然会遇到困难、压力、挫折……只有从小就培养战胜困难的能力，长大后才会有独自承受的能力。

"来，再喝一杯牛奶。"每天，我都在妈妈的亲切呼唤下成长，可谁知道那一杯杯牛奶中所含的辛劳和汗水。在母亲的怀抱中，我发现了时间在母亲乌黑亮丽的长发中留下了几根银丝；在母亲充满爱意的双眸旁增添了几许表示青春已逝的纹痕。母亲的怀抱永远是儿女可以停泊的温暖港湾，她的呵护和关爱会把你渡上一条无雨无阻的人生道路。妈妈，是您的关怀使我感到幸福与温暖。

父爱像山的沉稳，花开花落，岁月匆匆，你能在父亲指尖淡淡的烟草味中体会到所蕴藏的深远爱意。狂风暴雨中，有父亲山一样的脊背在我灵魂深处撑起一片天空，让我在未来的道路上勇往直前。

如果我是小舟，漂荡在山水间，水推动着我前进，山让我停泊；如果我是小鸟，我的翅膀，一只叫父爱，一只叫母爱，它们让我在天空中飞得更高、更远……

父亲，感谢您给我的谆谆教诲；母亲，感谢您的慈母爱心滋养着我，你们用心血浇灌着我，使我像树苗一样茁壮成长。啊，我爱您父亲！我爱您母亲！

第四部分

梦中七色花

夜，渐渐深了，月亮高高地挂在天空。突然，剩下的花瓣合在一起，飞到了天空，变成了一颗小星星，这颗小星星是天空中最亮的星星，它发出耀眼的光芒，指引这世界上的人们走向美好的明天……

——傅慧萍《梦中七色花》

快乐收购公司

陈思航

从前，有一个快乐镇，镇上的居民们安居乐业，直到有一天……

镇上开了一家"快乐收购公司"，小镇上的居民都很好奇：收购快乐？真的？快乐还可以收购？没听说过！一连几天，快乐收购公司都没有生意。但是，老板挂上一个牌子后，就来了顾客。

老板挂上牌子的第二天，来了一个年轻的小伙子，小伙子是来快乐镇打工的，来快乐镇已经3年了，每年只有两万元的工资，当他看到快乐收购公司的牌子时，他眼前一亮。原来，牌子上写的是：1年的快乐=2万元！卖出多少快乐，就拿走多少钱！

小伙子走到公司里，服务小姐热情地接待了他，问他需要卖掉几年的快乐。小伙子犹豫了一会儿，说："我要卖掉5年的快乐！"服务小姐一听，高兴极了，连忙拿来一个类似吸尘器的机器，称这个东西是"快乐吸取器"，说着，将机器前的头盔戴在他头上，过了一会儿，他就昏了过去。醒来时，发现身边全是钞票。服务小姐笑着对他说："这是您的10万元，请拿好，慢走！"小伙子兴奋极了，拿着钱回家了。

事情一传出，引来大批的居民，他们都要求拿快乐来换钱。人们高高兴兴地走进去，心满意足地数着钞票出来，连小孩子都不例外！

几个星期过去了，人们失去了快乐，连孩子考100分都没办法高兴起来。只要孩子考差了一点儿，回家就会被父母的混合双打打个半死；学校里，孩子们见面永远只有脏话；见到老师也不问好。整个小镇沉浸在一片黑暗之中。后来，居民们终于发觉是失去了快乐才造成现在这种情况的。于是，强烈要求老板还回他们的快乐，可是，这个老板非常奸诈，他说必须要付两倍的钱才可以拿回快乐，居民们无可奈何，只好付给老板两倍的钱。通过这件事，快乐镇的居民才知道"快乐才是最重要的"这个道理。

梦中七色花

傅慧萍

晚上，终于看完了整本故事书，心中不禁也很想拥有一朵书中所说的七色花，让我去完成自己的愿望，想着想着，慢慢地进入了梦乡……

在梦中，一位白发苍苍的老人递给我一朵七色花，我心里很疑惑：这就是传说中的七色花吗？我轻轻撕下一片红色的花瓣，准备去实现我的第一个愿望。透过窗户，我看见工厂旁边的烟囱飞出的烟雾污染了环境，排出的污水把清澈的小溪、小河弄脏了，失去了以往的洁净。看着这一切，我说："让环境变干净吧。"环境一下就变得像以前那样：小河里的水清澈见底，鱼虾在水中快乐地游来游去；空气清新，天空又像以前那么湛蓝了，鸟儿在空中自由自在地飞翔。我开心地飞奔到楼下去享受这一切，却忽然发现邻居冰冰正坐在椅子上，她从小就失明，9岁的时候，又被车祸夺去了双腿，这个可怜的小女孩就只能整天坐在椅子上叹气。看着她那无奈的眼神，我撕下另一片黄色的花瓣，对着天空说："让世界上所有有疾病的孩子变健康吧。"一瞬间，我看见许许多多身患疾病的孩子恢复了健康，快乐地做着游戏，笑容是那么的灿烂，欢笑声充满了世界。

这时，我突然想到了一个朋友，她叫文晴，家里很穷，一两个月才能吃上一次面或米粉，母亲生了弟弟妹妹后就去世了，父亲白天去打工，晚上12点才回来，她还要照顾两个弟弟和一个妹妹，每天都要干一大堆家务活儿。我撕下那片绿色花瓣，说："让贫苦的人民变富吧，让失学的孩子回到校园吧。"我似乎看见好多可爱的孩子背上书包，高高兴兴地走在上学的路上；好似听到了他们朗朗的读书声，看见了孩子认真写作的面孔……

夜，渐渐深了，月亮高高地挂在天空。突然，剩下的花瓣合在一起，飞到了天空，变成了一颗小星星，这颗小星星是天空中最亮的星星，它发出耀眼的光芒，指引这世界上的人们走向美好的明天。

假如让我失去三天光明

朱佳敏

那是什么？梦境？可为什么是无边无际的黑暗？那是什么？幻觉？可为什么那么真实，感觉身临其境？我尽量克制住恐惧，挣扎着从床上爬起来，可一失足，"扑通"一声摔了下去。妈妈听到了我的哭叫声，急忙赶过来，见我这副狼狈不堪的样子，她抽泣着把我搂在怀里，嘴里不停念叨着："我的女儿，可怜的女儿……""妈妈，难道我真的……"此时的我，俨然是一只被惊雷劈中的小鸟，呆呆地坐着，我怎么也不敢相信自己已经双目失明了……

这天，我依然无法接受这个残酷的现实，我再也见不到世间万物了，我将被困在黑暗的世界里，天呐！老天爷，你为什么这么残忍啊？悲和恨织成了一条粗麻绳，把我捆得紧紧的，我在心中不停地呼喊：没有了，没有了，我什么都没有了！我的脾气突然不受控制地暴躁起来，吃饭时摔碗，时不时大呼小叫，甚至拿悲恸欲绝的妈妈当出气筒。正当家里被我搅得一团糟的时候，爸爸走过来，拉着我的手语重心长地说："孩子，爸爸知道你的感受，家里的每一个人都和你一样难过。想想海伦·凯勒吧，她勇敢面对现实，经过坚持不懈的努力，凭着不屈不挠的信念，不也成为社会上有用的人了吗？你口口声声说向她学习，可是现在你做到了吗？人生会遇到各种各样的挫折，我们应该坦然面对，用厄运打不垮的信念走出自己精彩的道路。"爸爸说完就走了，我愣住了，一天都沉浸在这句话中。

第二天，我早早地就醒了。在妈妈的帮助下我来到了马路旁。"嘀嘀""嘟嘟"，汽车奔驰，行人走着，可我只能听到这些声音，听着人们欢快的谈话，让我深深感觉到，如果有一双明亮的眼睛该有多好啊！现在我恍然大悟：我们要珍惜的东西太多了，虽然我失去了光明，但我还拥有很多其他的东西，如果现在不珍惜，说不定哪天也会离我而去，所以，我要抓住我拥有的，珍惜我拥有的。如今失明的我，不该哭泣，不该退缩，不该悲天悯人！我要用自己的行动来证明：盲人和正常人一样坚强，盲人也会像这奔跑的汽车——勇往直前！

第三天，在我的再三恳求下，我回到了可爱而神圣的校园，回到了知识的怀抱。虽然我读书写字不方便，但同学们给了我加倍的帮助与鼓励，这使我的心很温暖，我决定要更加认真地学习，虽然双目失明了，但我还有双手可以去触摸，只要努力了，长大后依然可以报答爸爸妈妈多年的养育之恩，也要回报祖国那么多年的培育之情。所以，我要像正常人一样活着！这天晚上，我欣喜若狂地向爸爸妈妈展示我所学到的知识，这个家又开始充满了快乐，笑声成了一条美丽的彩虹，永远挂在我家门前……

这就是假如失去三天光明的我，既没有海伦·凯勒那么感人肺腑，也没有海伦·凯勒那么伟大，我只是把自己看作一只快乐的小鸟，虽然身体有些残缺，但一样可以载着梦想向着蓝天飞翔！

第四部分 梦中七色花

变幻莫测的云先生

丁贝宁

大家好，春天有约！下面，我隆重地介绍一下本文的主角——Mr.云。

那是春天里的云，是那么的炫。抬头看，眼前呈现的是一幅有趣的画：一只活泼可爱的"小兔"，正无忧无虑地吃着草。忽然，它发现了动静，竖起灵敏的耳朵。"飘"过来的应该是个猎人吧。瞧！他手里还拿着猎枪呢！小兔迅速向前逃跑，"猎人"在后面紧追不舍，一眨眼，"小兔"就钻进浓密的云丛里不见了，"猎人"转眼也不知了去向……

不知什么时候，一只"大海龟"慢悠悠地爬上了天空，"大海龟"前面的云是一大片一大片的，那里是一片海。也不知道是黄海还是渤海，莫非……是大西洋？"大海龟"的前脚刚伸进"水"里，后脚还在海滩上，我越看越觉得有趣，可是不久，"大海龟"不见了，它融进了汹涌澎湃的"海水"里。

云先生太神奇了，尽情地变幻着各种姿态，令人百看不厌。这朵像巍峨的"大山"，那朵似茂密的"树丛"，是黄山和上面的奇松吗？还是云雾弥漫的庐山和海南岛的热带雨林？啊！这是一条河吗？悠长而美丽！是亚马孙河？不，是中国的黄河！

云先生啊，你可真是让人捉摸不透。俗话说：冰冻三尺，非一日之寒，而你，却出神入化地演绎着一个又一个"故事"，那，就是炉火纯青吧？不用日积月累却能出口成章！

变幻莫测的云先生，我喜欢你！

畅想未来济南

韩宁芙

2020年的济南会是什么样子呢？我想，如果人们爱护环境的话，那时的济南一定美丽得光彩照人，让人百看不厌。

街道上，刺鼻的汽车尾气不知跑到了哪里，沙尘与白色污染消失得无影无踪，大路两旁挺立着哨兵一样的杨树，就像一把把绿色的伞，为居民们遮风挡雨。人们高兴地走在洒满阳光的人行道上，顺畅地呼吸着清新的空气，听着鸟儿高唱着对济南美丽环境的赞歌；公园里大片绿茸茸的草坪，绘成了各式各样的图形，上面点缀着各色鲜艳的野花，有红的，有黄的，有白的，有紫的；泉池里流动着清澈的泉水，泉里活泼美丽的金鱼自由自在地游来游去。再没有人往池里扔垃圾，人们开始保护泉水，鱼儿终于喝到了干净的水。

可是，如果人们破坏济南仅有的一点美丽，那么，后果将非常严重。

街道上，灰尘与沙粒被带着浓重汽车尾气味儿的风卷进了行人的眼睛里。路旁的杨树疯狂地甩动着枯黄的枝叶，有的树枝已经断裂。原来空气清新的绿化小区，现在已经面目全非，空气中弥漫着臭水的味道……这是一件多么可怕的事呀！

假如人们爱护环境，地球就会生机勃勃，所以，让我们从保护泉城济南开始，创造一个绿色的地球吧！

115

第四部分 梦中七色花

梦

高　哲

"0"王国？好奇怪，听说过英国、法国、美国，没听说过还有"无国"的，"0"不就是无吗？——好吧，那咱们就去看看怎么个"0国"吧！

这天，我睡得正香，忽然被一阵丁零声吵醒。我翻身一看，屋里还是黑黑的。是床头的闹钟在叫吗？不是？这丁零的声音十分好听，仿佛是从天外传来的宇宙"空音"，也就是天籁之音，我从来都没有听到过，却又感到很熟悉——分明是从屋子外面传来的，听，还在响呢！

我穿好衣服走出家门，顺着声音一路找去。咦，家门口竟然出现了一座金碧辉煌的巨大宫殿。宫殿里灯火辉煌，人潮涌动，好不热闹啊。原来"丁零"声正是从这里发出来的。我正欲伸头往里探望，忽然从我身边冒出个小孩。我低头一看忍不住笑了，这个小孩非常奇怪：鸭蛋形的脑袋，一根头发也没有，就像阿拉伯数字的"0"。小孩彬彬有礼地冲我身边一弯腰，微笑地说："兔阿弟！欢迎你到'泉水'王国。"我回头一看，一个小兔子不知啥时跟在我的身边。最让我惊奇的是小兔子居然说话了，而且我一句也没听懂。接着，小孩和小兔子就又跳又闹起来。我说："小孩别闹了，咋没正事呢！啥叫'泉水'王国啊？""叮咚、叮咚。"她喊道，"泉水的声音就是铃声啊。我叫天玲玲。"原来是个女生。我急忙问："你为什么不留头发呢？多难看啊！"她一听生气了。她把手一指——我看见宫殿里全是光头。我正看得起劲，觉得不对劲，我一摸我的头也是光光的，我吓得马上就去找妈妈，正急时，我睁开了眼——原来是做梦。我感觉厨房里有做饭的声音，妈妈正在厨房挥动着炊具舞蹈，可我还懒懒地躺在那里呆想着梦，不觉笑出声来。只听妈妈说："这孩子，不知道又做啥美梦了。"

我高喊："0梦。"

妈妈愣愣地伸过头来看看我，眼睛瞪得和两个0一样。

超级运动会

盛嘉熙

一年一度的秋季运动会就要开始啦，听说这次运动会将新增很多特别的比赛，比赛场地也会有变化。七彩娃和胖哥知道了，兴奋极了。谁不知道他们俩是运动会上的风云人物，每次都包揽好几个项目的冠军呢！

运动会那天，他俩兴冲冲地来到指定的赛场，可七彩娃一看，赛场上搭了一个超大的舞台，上面有几十箱"阿庆嫂"牌的饼干、薯条……

胡子校长这时正在上面大声细说比赛规则："同学们，这次超级运动会和以往的完全不同，要突出现在孩子的特点——能吃零食！你们看，谁最先吃光这五箱美食谁就获胜！"

胖哥一听可带劲了，谁不知道他最能吃了！

"预备——开始，哦不，开吃！"随着校长的一声令下，紧张的比赛开始了。

七彩娃使出了浑身解数，可老妈遗传的肚子实在太小了，也恨自己平时不爱吃零食，箱子里的美食就是"吧唧吧唧"个没完。而身边的胖哥一下就吃了一大盒……

5分钟后，成绩公布出来了——

胖哥：第一名，1分30秒，5箱。

小胖：第二名，1分39秒，5箱。

阿妞：第三名，1分42秒，4箱。

笑吃：第四名，2分05秒，3箱。

……

七彩娃：第二十五名，4分57秒，半箱。

"唉……"竟然是最后一名，七彩娃无奈地低下了头。

看着校长拿出一个个大奖杯，七彩娃恨不得地上有个洞钻进去，没想到这次超级运动会让他如此难堪。

"七彩娃，上台领奖！"校长高喊了一声，七彩娃一激灵，发现同学们的眼睛都盯着他呢。怎么回事？

只见大奖杯上写着"超级好孩子——七彩娃"。原来这次超级运动会是胡子校长的一绝，在看哪个孩子平时的生活习惯好哩！这下胖哥惨了，他的大奖杯上写着"零食大王——胖哥"，并附红纸一张，上写：为国家的零食产业做出杰出贡献！胖哥红着脸，偷偷地溜了，接下去的比赛就更带劲了……

客厅里的争吵

李悦蒙

夜晚，人们都已经进入了甜蜜的梦乡。

在客厅的墙上，突然传来一阵细微却又激烈的争吵声。仔细一听，原来是住在石英钟内的三兄弟——时针、分针、秒针之间发生了争吵。

秒针说："兄弟三人我最辛苦，每时每刻不停地奔走，累得我骨瘦如柴。"时针说："兄弟三人我最无奈，明明身强体健，每天却只能以蜗牛爬行的速度前进。"分针说："兄弟三人我最顾全大局，我体形匀称，却从不能自由地展示自己的个人魅力。"

三兄弟争吵不休，都说自己为这个家做出了巨大的牺牲。它们谁也说服不了谁，最后它们都生气了，决定从此各过各的日子，谁也不用理会谁。于是，秒针停止了摆动，它找了个舒服的地方躺下来，很快便进入了甜美的梦乡；时针却正好相反，它觉得自己的体形有些臃肿了，便开始拼命地跑步，想燃烧掉体内多余的脂肪；分针呢？它可潇洒了，它一会儿飞奔，一会儿碎步，一会儿旋转，不停地展示着自己美妙的舞姿。

第二天，主人起床了。他来到客厅，习惯地抬头想看看时间。他惊呆了：他看见时针在飞奔，分针在乱动，秒针却已停摆。

主人嘟囔了一句："现在的东西，假货太多了！"随手便摘下了石英钟，扔进了垃圾篓。

119

明天的遐想

张舜功

现在是3088年，我走在世界大街上，看着紫黑色、透不进一丝阳光的天空，心里有些忧郁。一个朋友跑过来，约我去z5星听轻音乐，我摇摇头，"我对这个世界的轻音乐并不感兴趣，却对20世纪的流行音乐情有独钟"。"落伍"，他嘟囔了一声，独自坐在穿梭机上准备走人，0.00000000（此处省略无数个零）1秒后，他就从我眼前消失了。其实我并不是真的没兴趣，我不去是因为要试验一下我的新发明——时空穿梭机。它可以让人回到过去。

回到家，我就迫不及待地开始了，过程很简单，站在穿梭机内，轻轻按下按钮，我回到了事先早已定好的年份——1940年。

果然，这里有明朗的天空、温暖的阳光、绽放的花朵和碧绿的青草。但是，这里在发生战争，滚滚的硝烟污染了天空，每一个人都行色匆匆，肆意地在花朵上踏过，没有一个人停下来欣赏这对我来说来之不易而对他们却司空见惯的景色。

我一边摆弄手中的穿梭机遥控器，一边找了一条偏僻的小路开始散步，欣赏美景，虽然我尽可能不被发现，但还是被一位白发苍苍的老人看见了，"你……你是什么人？身上穿着怪异的服装，还拿着奇怪的机器，你到底是什么人？"一番解释过后，老人相信了我的话，原来，他的子女都死在了战争中，他问我战争何时能够结束，"1949年吧。"我答道，这段历史我已烂熟于心。老人老泪纵横，"我恐怕是等不到了"，边说边缓缓地走向了远方……我在学校学历史时，一直不太明白，环境为什么会遭到破坏，人类为什么要战争？现在我好像明白了……

我一边迷茫地往回走，心里一边想，在我的世界里，人们之所以停止战争，是因为没有了战争的资本，如果再次拥有那些东西，也许人类的野心还会驱使他们再次发动战争！

在我那个和平的世界无法找到蓝天和鲜花，在这个美丽的世界却又弥漫着战火和硝烟，我想要的世界在哪儿呢？

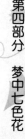

第四部分 梦中七色花

青蛙的伤心事

朱佳怡

在一个电闪雷鸣的晚上，一只大青蛙从河里跳上了岸，它长相奇特，只见两只眼睛像大铜铃，四肢特别发达，一跳就要好几米呢，最奇怪的是它长着两只大犬牙，真是2058年的一大奇事。

这时，一个黑影正悄悄地接近它，那只青蛙好像感觉到了什么，转头一看，已经来不及了，那个黑影已迅雷不及掩耳之势，用手里的网袋把它给套住了。任凭它如何挣扎撕咬也无济于事，原来网袋是特制的。那个黑衣人捉住青蛙以后，兴奋地朝附近的小木屋走去，他利索地把门推开，把网袋里的大青蛙放到桌子上，并用好几个大钉子固定住，可怜的青蛙这时只能任人宰割了。只见黑衣人戴上口罩，坐在一把大椅子上，开始仔细研究它的身体结构，特别是用放大镜观察那两颗大犬牙，并不停地用相机拍下来，一闪一闪的光线把大青蛙可吓坏了。

无巧不成书。这天正好一个好心的守夜人经过这里，发现了小木屋里的情况，认为黑衣人鬼鬼祟祟的，肯定是在做坏事，就赶紧报警。警察得知情况后，按照守夜人说的地址，很快找到了这儿，把里面戴口罩的黑衣人给抓住了。警察迅速把他带到了警局，让他老老实实地坐在一张椅子上，严厉地让他说出在干什么坏事。只见他不慌不忙地摘下口罩，说出了事情的真相。原来他是一位研究动物的科研工作者，因为现在的人们生活方式独特，导致自然环境直线恶化，有些青蛙也出现了变异，后果很可怕，所以他才好不容易冒雨捉住了这只变异青蛙，希望能找出一些补救的办法，也想拍些资料警示人们注意保护环境呢。

警察听了这些话，拍拍后脑勺，误会大了，原来他是在搞研究呢。

啊，一切真相大白！

色彩的对话

李逸尘

我挥动画笔，大片大片绚丽的色彩在我笔尖绽放。正在酣畅淋漓之际，一个尖细急促的声音撞击着我的耳膜，原来是红！她又去找她的闺中密友——绿了。

"绿，绿，快开门！我有一件很重要的事要告诉你！"热烈的红永远也改不了她的急性子。"稍等一会儿，我就来。"温柔的绿总是那么慢条斯理。我饶有兴趣地偷听着这色彩间的对话。

"嘿！你知道吗？我又在人间发动了一场战争。大地上到处流淌着我猩红的颜色！真好玩！"红得意扬扬。"什么？红，你疯了吗？那是鲜血呀！你为什么要让那些无辜的人饱受战争的痛苦？"绿连珠炮似的质问，使红愣住了，接着，红狂妄地大笑起来，"绿，人类的事情和我们有什么相干呢？哈哈哈！战争是世界上最刺激最好玩儿的事了！你没看到……"柔顺的绿，一反平日的温文尔雅，愤怒地打断红的话，"红，你使太多的生灵遭受了死亡的痛苦，你欠这个世界太多了！你！你这冷酷残忍的色彩！不配做我的朋友！你知道那个伊拉克的记者为什么要向布什扔鞋子吗？就是因为他发动了战争，给那里的人们带来了深重的灾难！他现在都有悔意，而你呢？你还在愚蠢地加重自己的罪孽，你，你好自为之吧！再见！"绿越说越激动，"砰"的关上了小屋的门。

红哭了起来，"绿！绿！求你了……你不要这么做！我……我真的是罪人……呜呜呜……"绿的声音渐行渐远，"红，再见了！我要飞往战场，给那里的人们送去橄榄枝……"

一切重归于原始的寂静。

我定睛一看，我的颜料盒里——红色和绿色不翼而飞！只留下粉色和嫩绿，旁边还有一摊水渍……

现在我可以告诉你，我的画的主题是：战争与和平。

第四部分 梦中七色花

审判甲型H1N1

董 婷

今天，微生物王国最高法院要开庭审判震惊世界的"甲型H1N1"一案。

上午8时整，霉菌审判长宣布开庭。听到"传被告到庭"，两名松毛杆菌法警押着H1N1流感病毒走上了被告席。"被告自报姓名，种属，住所，靠什么生活。"审判长威严地喝道。听到喝问，H1N1吓得差点尿裤子，战战兢兢地答道："我叫甲流，是一种新发的甲型H1N1。我寄生在人和动物的细胞里，靠吸食人和动物身上的物质生活。"H1N1说完，审判长说："请公诉人宣读起诉书。"

公诉人放线菌，严肃地说："甲型H1N1病毒极大地危害了人类的健康，给人类带来了一场巨大的灾难，使全世界成千上万的人成为甲型H1N1患者，遍及许多个国家和地区，还让许多儿童、少年丧生。甲型H1N1罪大恶极，为此，法官大人，为了保障人类健康，维护微生物王国的声誉，我要求严惩甲型H1N1！""对！严惩甲型H1N1！"旁听席爆发出了一阵阵吼声。

……

经过旁听证人发言，记者证人证实，陪审员放录像，辩护律师发言，最后霉菌审判长用洪亮的声音宣布了判决词："法庭根据微生物王国刑法第172条和267条规定，认定甲型H1N1流感病毒犯有危害人类健康、严重损害微生物王国声誉罪，理应判处死刑，但考虑到甲型H1N1的存在，人类也有一些不可推脱的责任，经过陪审团合议，决定对甲型H1N1家族从轻判处——无期徒刑，并供人类研究。退庭后审判结果将公示整个王国，并将信息传递给人类，希望人类与各种生物一起，共同营造地球上祥和、幸福的生活。"

香蕉的愿望

马思羽

香蕉有个愿望，但这个愿望离她极远。

那是一个宁静的夜晚，她翻来覆去睡不着。因为她讨厌待在香蕉树上，觉得自己的人生要比姐妹们高贵得多，更不愿意成为人类的口中餐。突然，她眼前一亮：天空中那个全身放光，两头尖尖的，周围还有无数星星围着的不就是自己吗？多么像呀！她的心里有了美丽的幻想——我是月亮多好呀！

每天晚上，她想象着自己变成月亮的情景：好多闪亮的星星围着她，用羡慕的眼光望着她……想到这些，她就不由得哈哈大笑。

于是香蕉开始打扮自己，在身上挂一些闪闪发亮的东西，把自己弄得香蕉不像香蕉，月亮不像月亮的。最好的朋友橘子劝她："你看你像什么样！当你告诉我这个愿望的时候，我就知道那是不可能的。你醒醒吧！唉——"

日子一天一天过去，香蕉还是那样。朋友、姐妹们都反感她的样子，离她而去了。香蕉很气愤："哼！走吧，我才不稀罕！一群乡巴佬、丑八怪！"话音刚落，门"吱嘎"一声开了，橘子伤心地说："你说什么，你说什么！醒醒吧。"看着橘子跑开的背影，香蕉惊呆了。

以后的日子，香蕉一个人在外生活着，她想到了自己的姐妹，想到了果农摘下她们时灿烂的脸，当然，想得最多的还是好朋友橘子和那些绝情的话。她的心慢慢地起了变化。终于，她来到橘子面前："请你帮帮我，帮我找回自己好吗？"橘子很高兴："没问题！"橘子说着就拉着香蕉回到了香蕉的家，找出香蕉的衣服帮她换上，姐妹们把那些闪闪的东西统统烧掉了。

小明梦游记

张展阁

夜深了，小明渐渐进入了梦乡。他忽然发现，自己成了校长。

小明校长在校园里溜达，心中很是纳闷：课外活动时间，操场上怎么空无一人？他抬眼看见教室里同学们正埋头书山题海，想想自己写作业时的"痛苦"，他心想：我要向全校"受苦受难"的同学们大喊："你们解放了。"于是，他向全校同学宣布，废除小学低年级作业制度，中高年级作业尽量减少。那练习本、作业本上的一道道难题时刻都在"残害"学生的脑细胞，他们简直是大脑的克星！

接着小明校长又组织全校老师召开了一个紧急会议，颁布了学校的新规章制度：

一、从今以后取消一切测验与默写。

二、课要上得活泼有趣，任何老师不准加课。

三、体育课要一天一节，老师要把体育课上得轻松愉快。

四、每两周要举行一次有意义的大型课外活动，如郊游、公益活动等。

小明校长看到老师们整天办公室教室两点一线地忙碌，完全没有了自由时间，他深入其中，了解老师的心声。为了学校和老师的发展，他毅然取消了"坐班制"，让老师们有充足的时间去家访、学习提高、搜集资料、搞教研科研。不过还有一个要求：要在学生的身上看到老师努力的"效果"。

下午放学后，小明校长看到校园里有几位小同学乱丢垃圾，他灵机一动带这些学生去学校卫生部，检验一下刚买回的"垃圾感应时光机"的效果。他先让一位小学生和时光机"握手"接受感应，仅一分钟的工夫，小学生就到校长跟前说："校长，我再也不乱丢垃圾了，不然我们这儿就成苍蝇乱飞的垃圾场了。"

小明校长刚从卫生部出来，就看到有老师去家访，他便随老师同去。

刚踏进学生家门，他就被学生贫寒的家境惊呆了。想到学校还有这么穷困的学生，小明校长想：一定要想一个好的办法来保证穷困学生的上学问题。正在他为老师们讨论出的方案拍手叫好时，他一下子高兴地醒了。小明想：这个梦要是真的该有多好啊！他知道要想让这个梦成真还需要自己好好学习。

127

小云朵

马嘉悦

从前有一朵调皮又可爱的小云朵，它不满足于老是跟着自己的族群飞来飞去。于是有一天，它离开了自己的群体，决定去寻找快乐。

一路上它看见了许多美丽的景色：百花竞相开放、树叶青翠欲滴、小鸟们正在欢快地歌唱。它又碰到了许多云朵，它和它们一起飞翔、舞蹈。虽然觉得很快乐，但小云朵总是感觉缺了些什么。"真正的快乐是这样的吗？"小云朵疑惑地嘀咕着。

于是它又飞啊飞啊，来到了一个干旱少雨的地方。那里的人们只能喝污染的水，有时连这样的水也喝不上；他们不能洗澡、洗衣；而且因为没有水，全身脏兮兮的。池塘、水库早已干涸，土地也裂成一块一块的，根本无法种粮食，所以人们总是挨饿，甚至连那里的孩子都学会了唉声叹气，对生活不再抱有希望。小云朵看了心里很难过。"他们好可怜呀，我想帮帮他们，可该怎么办呢？"小云朵很苦恼。"对，有啦！"小云朵灵机一动，高兴得叫了起来。但过了一会儿，它又沉默了下来。"这么做会牺牲我自己的，能行吗？"它咬了咬牙，坚定了一下信心，"就这么办吧！"于是，马上开始行动，它不辞辛苦地寻找其他云朵，并努力说服它们参与自己的这个行动。这一天，小云朵们一起来到了那个干旱少雨的地方，聚集在一起成为一个大云团。热空气阿姨已经托不住它们了，只好让小云朵们化作千千万万的小雨滴落下来。"咦？这是怎么回事？天气预报没说要下雨呀？不过，这雨来得正好，使干裂的大地恢复了生机，也让我们有水喝了！"干旱地区的人们又惊奇又快乐地说。他们不知道，这雨是小云朵和它千千万万的伙伴用生命换来的呀！

调皮可爱的小云朵化成的小雨滴听见了人们的谈话，感到很快乐！它想：啊！我终于找到了真正的快乐！

鞋子变"美"

舒　婷

　　春节时，合家团圆。妈妈特地为我买了一双新鞋。那双鞋可漂亮了！红白相间，两侧还绣着美丽的花，像绽开的笑脸，我穿着这双新鞋，高兴地跟着妈妈来到了乡下的爷爷家。

　　晚上，我脱下鞋子，正要入睡，忽然从床底下传来了一阵对话声。我充满好奇，便竖起耳朵，认真地听了起来。

　　"喂！你好呀！你可真漂亮呀！"从床底的角落发出一个微弱的声音。"咦！你是谁？我怎么从来没有见过你呀？"我仔细一听，原来是我的红鞋在说话呢！"咦？你怎么全身都是草绿色啊，这么单调。身体两侧也被磨得破烂不堪，一看，就知道你有一定年头了吧！一定是历经沧桑了吧？""我叫解放鞋。"解放鞋叹了一口气，说："也难怪你不知道！虽然我现在不如你，但在20世纪四五十年代，我却是人们的'宠物'呀！我记得那时候，我们国家正处在解放初期，百业待兴，人们的生活还很贫穷。大部分农民只能光着脚丫在田里劳动，一不小心，难免会被磨伤，那时的生活真叫艰难啊！如果有人能穿上我，真是难得呀！"听到这儿，红鞋沉默了好久，感慨地说："没想到，时代变化这么快，才短短几十年，社会发生了这么大的变化。""其实，我在鞋子家族里还不算什么。我主人的阿姨，开了一家鞋店，那儿的鞋子才叫漂亮呢！琳琅满目的鞋子涌上架头，有时尚的长靴，有锃亮的皮鞋，有休闲的运动鞋，还有漂亮的旅游鞋……令人眼花缭乱。"红鞋讲得十分激动，就像一位导游耐心地介绍着。此时，解放鞋听得入了迷，他简直无法想象那是怎样一番美景。

　　红鞋接着绘声绘色地说："那儿的鞋子不仅种类多，而且颜色也很漂亮。有的鞋子红黑相间，格外醒目；有的鞋子黄棕相配，格外高贵；有的鞋子蓝白相接，格外纯净。"红鞋讲得津津有味，解放鞋也听得如痴

如醉。

听到这儿，我不禁把头伸向床底下，鞋子俩的对话戛然而止。我情不自禁地发出感慨："啊！因为'改革开放'，我们老百姓的生活大大改善了，我们的生活在一天天地变得美好、富裕。"

一把荷叶伞

周雨文

今天是太阳公公的生日，太阳公公的好多朋友都赶去为它祝贺生日。雨姑娘也驾着乌云马，奔向太阳公公的家。

渐渐地，雨姑娘觉得有点热了，她一抹额头，手上沾满了汗水，她把手轻轻一抛，汗水洒向了大地。

这时，正在四处觅食的小鸡们看到下雨了，都赶紧往家里跑。有只名叫"小不点"的小鸡，体质特别弱，她不管怎样努力，都赶不上自己的哥哥姐姐，一个人落在后面，心里挺着急的。

随着离太阳越来越近，雨姑娘和她的乌云马都感到越来越热了，他们的汗水不住地往下淌。

雨越下越大，"小不点"浑身都湿透了。一阵冷风吹来，她禁不住打了个寒战，浑身哆嗦着。嘴里不停地呻吟："冷啊，冷啊……"

小青蛙"咕咚"最喜欢下雨了，他和伙伴们在池塘里嬉戏着，玩儿得特别开心，也感到非常惬意。当听到有人叫冷时，他赶紧跳上了岸，于是看到了一只浑身湿透的小鸡。

"咕咚"赶紧跳回池塘里，折了一片荷叶，吃力地扛上了岸，他把荷叶插在小鸡的身旁。对小鸡说："你赶快躲到荷叶下面吧！"小鸡连忙道谢，然后迅速地钻进了荷叶伞里。

乌云马终于跑不动了，雨姑娘也热得吃不消了。雨姑娘心想："我是不是生病了？带着不健康的身子到人家做客可不礼貌啊！"于是雨姑娘和她的乌云马只好慢慢地往回走了，渐渐地他们感到凉爽了许多，浑身舒服极了，汗水也不再往下流了。

雨停了，乌云不见了，彩虹姐姐拿出七彩画笔，为太阳公公画了一架七彩桥，天空被装扮得美丽极了，太阳公公露出了欢喜的脸。

第四部分 梦中七色花

　　"小不点"身上的羽毛渐渐地干了，在阳光的照射下，她又恢复了原来的生机。她觉得自己该回家了，于是向小青蛙"咕咚"说了声："谢谢！"然后恋恋不舍地走上了回家的路。

小鸟的呼唤

杨乐嫒

　　我是一只小鸟，我渴望蓝天，渴望自由。可是，我却不得不生活在鸟笼里。

　　记得那一天，我被人类捉住了，把我关在一个鸟笼里，从此便失去了自由，我哭泣，我绝望，虽然主人在笼中给我放了许多美食，还有水，可我一点胃口都没有，我好希望重新飞上蓝天，和小伙伴们一起玩耍。

　　机会终于来了。这一天，我趁主人不在家的时候，用力撞翻了鸟笼，逃了出来。我高兴地在天空中飞翔，欢快地唱着歌，庆幸自己又获得了自由。

　　可是不久，我饿了、渴了。可我却找不到一点食物和水，因为我的美食——昆虫，早已被人类用农药杀死了；水被污染得也没有两年前那么清澈了，河岸边还躺着许多死鱼的尸体，散发出刺鼻的臭味。

133

　　我孤零零地飞着，飞累了，便落在一棵光秃秃的树杈上休息，天越来越黑，我心里好害怕，不禁回忆起曾经和爸爸妈妈还有小伙伴们一起玩耍的时光，那是多么美好啊，可是现在，它们都被人类抓走了，我再也找不到它们了。

　　经过一夜的思考，为了生存，我决定放弃自由，回到主人的身边，继续在鸟笼里生活。

　　我在心底呼唤着：人类啊，请还给我们鸟类一片纯净、自由的天空吧！

第四部分　梦中七色花

太阳姐姐

张重阳

天晴了，太阳姐姐又上班了。她来到了蔚蓝的天空，和云姐姐一起玩儿捉迷藏游戏。

天空真好玩儿。太阳姐姐和云姐姐疯啊、闹啊，一直玩儿到了黄昏。这时候，太阳姐姐也应该下班了。可是她舍不得好玩儿的天空，于是，她就给月亮妹妹写了一封信。信是这样写的：你好！月亮妹妹，我是太阳姐姐，我很舍不得好玩儿又有趣的天空，你的晚班我来上好不好？我一定打扮得漂漂亮亮的去上班。求求你了，月亮妹妹。

到了晚上，太阳姐姐穿着一件红彤彤的衣裳来上晚班了。人们躺在床上翻过来，翻过去，都睡不着。有的人说："今天晚上怎么像大白天啊，明天上班一定没精神。"小孩子说："妈妈，今天晚上好亮啊，我明天上课的时候一定会想睡觉的。"

太阳姐姐听了人们说的话，不好意思地回家了。她边走边叫着："月亮妹妹，快点来上班吧，我要回家了。"月亮妹妹穿着银色的衣裳上班了，她用温柔的光，照着大地，人们也安静地睡着了。

阳台上的花

朱紫瑛

　　小芦是一只很漂亮的狗，它全身雪白，只有尾巴是黑的。小芦十分通人性，生活在一个永远充满快乐气氛的三口之家中。小主人波儿活泼可爱，特别喜欢小芦。

　　波儿家的阳台上摆着各式各样的花：牡丹、玫瑰、菊花、五角星花、月季……那里是波儿家空气最清新的地方，小芦也喜欢那儿，每天都要闻闻这朵，嗅嗅那朵的。

　　一天中午，小芦和隔壁的狗狗阿黄一起玩耍。阿黄是一只很健壮的狗，是小芦身体的两倍。小芦玩得正起劲儿，便钻进阳台花盆的空隙中，打算跳到阿黄的背上。小芦刚一抬腿，就踢翻了那盆最养眼的牡丹花，"哐当"一声，把正在认真写字的波儿吓了一大跳。波儿赶紧跑过来，一看，心爱的花儿被摔在地上，十分心疼，训斥了小芦几句。小芦难过地低下了头，发出"呜呜"的声音，好像在认错，阿黄早就知趣地溜了。

　　傍晚，小芦还趴在打破的花盆旁。忽然，小芦眼前一亮，它像发现了什么，开始兴奋地转圈，鼻子不停地嗅着，并且开始大叫了起来，然后用爪子轻轻拨弄摔破花盆的地方，而且越来越急躁。小芦的叫声引来了波儿，他跑到阳台，还是第一次看见小芦情绪这么激动，以为它是受了委屈，就走过去摸摸它的头，安慰它一下。可小芦看到小主人，眼睛更亮了，开始拼命地扒土，这让波儿大吃一惊，这阳台是水泥浇的，狗爪怎么能扒出什么呢？可波儿仔细一看，原来小芦是在扒水泥地上的一条缝隙，刚才摔下的泥土把它给埋住了。难道这里有什么秘密？

　　于是波儿也小心地用竹片把泥土一一剔出，突然眼前一亮，展现在他眼前的是一朵十分美丽而完整的七彩花！见到七彩花的那一刹那，波儿差点没尖叫起来。小芦轻轻叫了几声，好像在向小主人邀功呢。波儿一时还没缓过

135

第四部分　梦中七色花

神来，因为七彩花只是在他的童话书中才出现过，而且妈妈告诉过他，世上根本没有真正的七彩花。波儿想：童话书中说，拥有七彩花的人，可以摘下任何一片花瓣，再对着花瓣说出自己的愿望，那愿望就会实现的。不知道这朵七彩花会帮助我实现愿望吗？不如试一试？不行，让我再想想，嗯，如果这不是真的七彩花，那我……

小芦趴在阳台的水泥地上，静静地望着波儿，好像它的任务已经完成了，其他的事就跟它没关系了。

"嗯，决定了，试一试！"想到这，波儿拿起七彩花，吹干净花瓣上的泥土，当他刚要摘花瓣时，忽然，一个散发着五彩颜色的小东西从波儿面前掠过。波儿先是一惊，然后示意小芦咬住它，自己也跟过去追小东西。"呼……呼呼……这小东西……体力……也真够好的，绕了……阳台10圈也不歇歇，呼，累死我了。等等，硬的不行，咱来个智取？嘻嘻，我真是天才啊！哈哈！"说着，波儿就躲在花盆旁边，示意小芦趴着不要动，打算来个出其不意。"哈，小东西来了，看我的吧！"等小东西靠近之后，波儿用一个塑料袋一套，"噢，捉住了！现在，让我好好看看你吧！"

原来，这是一个小精灵，她全身放着五彩的光，一头金色的长发，一对又大又透明的翅膀。当波儿正在仔细地观察小精灵的时候，小精灵突然说话了："我的名字叫丽娜，是精灵国的女主人。"这突然袭击把波儿吓了一跳。丽娜继续说："你们发现的七彩花，是我弟弟杰克在玩耍的时候从衣袋里掉下来的，正巧落在这里，因为七彩花花种只要一沾到泥土，就会在傍晚长成花，所以你们以前没有发现过七彩花。""哦，原来如此。你说你是精灵国的女王，那你怎么会亲自跑出来呢？"波儿把丽娜放了出来。"因为我要把七彩花带回去，这是我们精灵国的国宝！要是被坏人利用了，那我们也要遭遇灭顶之灾。我告诉你们，这朵七彩花，是真正的七彩花，可以为人们实现愿望的。""明白了！"小芦也跟着叫了两声。

丽娜把七彩花放到波儿手心里，祝福他幸福快乐，然后戴在头上，飞到屋檐下，对波儿和小芦说："感谢你们，你们一定会有好运的！"说完，小精灵就飞向了天空，不见了。

晚上，波儿将他和小芦的奇遇告诉了爸爸和妈妈，在这个过程中，他们的嘴一直保持着"O"字形。

后来，波儿每次考试都是100分，终于实现了自己的理想，考取了北大，成了25世纪最伟大的植物学家。而小芦呢，对花草特别敏感，成了波儿最得力的助手，为波儿找寻世上的奇花异草立下了汗马功劳，成为25世纪最伟大的寻物（植物哦）犬！

请爱护我们的家园

沈远哲

天气快冷了，小燕子姐妹俩菲菲和琪琪要到南方去过冬。它们非常高兴，因为又能见到好朋友小鲤鱼晶晶了。

它们飞呀飞，飞到了小河旁。呀，往日清澈的小河怎么变成了一片浑浊的污水？水面上漂着无数的垃圾，岸边建起了一座座工厂，烟囱里冒着黑黑的烟雾，本来郁郁葱葱的树林被砍伐得一干二净……它们惊呆了，张大了嘴巴。

晶晶呢？姐妹俩在小河上空盘旋着，焦急地喊着，寻找着晶晶。忽然，菲菲和琪琪听见污水里有轻轻的呼救声，只见晶晶痛苦地扭曲着身体。琪琪连声问道："晶晶，你怎么了？你的家怎么了？怎么会……"

虚弱的晶晶叹了口气，流着泪断断续续地说："自从人类来到这儿，原来美丽的小河、树林、草地变成了现在这个模样。"晶晶停了停，努力地抬头看着天空说："他们建造工厂，排放废气，乱丢垃圾，破坏生态系统。咳，我多想再看看碧蓝碧蓝的天空啊。""你们走吧，这儿已经不能生活了……"晶晶有气无力地说。

菲菲和琪琪眼巴巴地看着晶晶痛苦地挣扎着，慢慢地不动了。"快走吧！"晶晶说完了这句话，永远地闭上了眼睛。菲菲和琪琪伤心地哭着，它们无助地呼喊："人类啊，请你们爱护地球，还我们一个美丽的家园吧。"

鸟儿也想家

刘进平

　　我看过一幅漫画：在林立的高楼大厦前的一棵树上，鸟儿们也学人类将窝垒成了"高楼"。是啊！我们人类为了自己的家，把森林变成了城市，把河流变成了游泳池，把草坪变成了球场……然而多少动物却失去了"家"。

　　听爷爷说，家乡以前到处是树林。现在我们把树林变成了一座座高楼大厦，鸟儿的家又在哪儿呢？为什么我们要毁坏森林？我们人类都想拥有一个美好的家园，鸟儿当然也想有个家。我们需要的是高楼和别墅，而小鸟只要一棵树就可以成为它们舒适的栖息之所。我们峨眉城傍晚的时候为什么会出现成百上千的麻雀拥挤在一棵树上的景象呢？因为它们的家园被我们越来越多的城市高楼给占领了。

　　听老师讲，以前我们峨眉河里有很多鱼虾。为什么现在越来越少了呢？因为许多人为了自己的经济利益将河流开发成休闲娱乐的地方；为了吃上野生鱼不惜电捕、药毒；为了发展经济而修建工厂。就这样破坏了这条河的宁静，也破坏了鱼儿们的家园。为什么我们不爱惜美丽的大自然，只图自己快活呢？因为我们人类始终以为自己是大自然的主宰。其实我们对于大自然来说是渺小的，只不过是大自然中微不足道的一员。我们的真正价值应该是造福大自然，而不是去破坏大自然的美丽与和谐。

　　大自然已经在为人类的愚蠢行为而怒号！希望人类不要再继续他们的愚昧行为。亡羊补牢，为时不晚！醒醒吧！人类！让我们在建设自己的美好家园的同时，还动物们一片天地，还它们一个属于自己的家园！

　　听！小鸟在高叫着："密密麻麻的高楼大厦，找不到我的家……"

139

蜡笔头和爆米花

孙忆凝

一天，文具镇和零食镇的交界处，蜡笔头和爆米花相撞了。

"你快向我道歉！"蜡笔头从地上爬起来，顾不得拍尘土就指着坐在地上的爆米花喊道。

"我向你道歉，凭什么？又不是我的错？"爆米花一骨碌从地上爬起来，冲着蜡笔头吼道："明明是你撞了我，道歉的应该是你，而不是我！"

蜡笔头固执地喊道："你必须向我道歉！"

"关我什么事？是你走路不长眼睛！"爆米花也不示弱。

"你好，你看上去好看，吃起来也香甜可口，吃多了就会铅中毒，其实你就是个毒药，你个坏东西！"蜡笔头揭爆米花的短。

"你也好不到哪里去，你看看自己是什么成分，就是个铅含量超标的货，也会害死人的！"爆米花极力地反驳着。

就这样，他们谁也不让谁，你一言我一语打起口水仗来。

由于处在两镇交界的地方，人来人往，车水马龙，看热闹的人多了，一下子就把马路给堵了个水泄不通。

一会儿交警来了，他俩还在那口沫横飞地吵着呢。

"警察来啦！"不知是谁喊了一嗓子。

别说，还真管用，两人的吵声居然戛然而止。

"你俩怎么回事？把路堵成这样，不仅影响交通还影响市容，两个文明小镇的脸都让你们丢光了，多大的事至于这样吗？好好反省反省！"警察边说边疏导着交通。两人顿时不言语了，低下了头。

还是蜡笔头先开口了："对不起，我刚才不应该那样说你，我向你道歉，希望你原谅我。"

"不不不，是我不好，真抱歉！"爆米花边说边伸出手，"我们交个朋

140

友怎么样？"

"好呀，我正有这个意思，我们不打不相识啊！"蜡笔头高兴地和爆米花握手。

一场误会就这么化解了，从此文具镇和零食镇又多了一对好朋友。

最好的生日礼物

张宇恒

今天是小猴的生日！小狗、小猫和小黑熊都拿着礼物来祝贺。

小狗一进门就对小猴说："这根骨头最鲜美了，香喷喷的，越啃越香！"一边说还一边咽着口水，然后很豪爽地说："今天是你的生日，就送给你了！"小猴看了看，根本就没接小狗递过来的骨头，摇了摇头走开了。

小猫吹吹胡子，也挤到小猴跟前，说："小猴，小猴，你猜我给你带来什么好东西了？"小猴眼珠一转，心想：小猫和我是最好的朋友，一定会送给我最喜欢的礼物！于是就闭上眼睛说："让我猜猜，你送给我的可能是一个大桃子吧？""不是！再猜。"小猫神秘地说。"那就一定是一根大香蕉了！"小猴有点忍不住了，说着话就偷偷睁开眼睛看起来，"哎呀，怎么是一包又腥又臭的死鱼呀！"气得小猴赶紧捂住鼻子跳开了。

142

最后是小熊送礼物了，他觉得自己没有什么好的东西当礼物，心里很难过。他悄悄地来到小猴跟前，说："我没有什么好的礼物送给你，只好拿来一个嫩玉米，希望你能喜欢！"说着，不好意思地低下了头。小猴一看就高兴起来，抓起玉米就啃，还不住地夸奖说："真甜、真香呀！这是我今天收到的最好的礼物了！"

小狗和小猫一看，才知道自己太不了解小猴了，原来人家喜欢的东西和自己喜欢的不一样！

畅想星空

朱清云

美丽的嫦娥和可爱的星星是好朋友，迷人的夜空就是他们活动的舞台。

星星们非常漂亮，黄、红、蓝……真是五彩缤纷。星星们也非常调皮，机灵的眼睛眨啊眨，总有无数的新奇想法。可有一点不行，那就是他们太挑食了，嫦娥为此可操了不少心。怎样才能让他们长得壮壮的呢？嫦娥琢磨了好多办法，亲手做了好多菜肴，并且说她只邀请聪明的星星小朋友来月宫做客。哪个小星星不愿意来啊？所以每月总有那么几天，月亮很大、很圆，天上的星星很少很少，因为他们去赴宴了！那些贪玩儿的星星则等肚子饿得不行了才赶去月宫，囫囵吞枣地填饱肚子。

嫦娥呢，她张罗了半天，冷菜、热炒、甜汤、水果……满桌的美味佳肴看着漂亮，闻着也香，吃起来更痛快。可那些调皮蛋总不准时就餐，她不忍心责怪他们，而是把这些丰盛的菜肴小心地收藏起来。冬天还好，夏天可就麻烦了，稍不注意就变质了，就是放冰箱里头也装不下啊，而且还会造成能源浪费和环境污染。没办法，嫦娥只好请一些热情而勤快的小星星帮忙啦。那些小星星忽闪着眼睛在天上巡逻，看到"逃兵"就大声催促。所以，夏天的夜晚，我们总能看到更多的流星。

哦，月宫、嫦娥、星星，这是一个多么美妙的世界！

143

我是一尊兵马俑

梁冰洁

　　我和其他与我一样的兵马俑被无情的泥土湮没，嘈杂的人声渐渐平静，可耳旁回响的依然是柔肠寸断的哭泣。

　　聆听马蹄的声音已是昨日的梦，望着空洞洞又凄惨惨的大厅，我蓦然回首，往事在记忆的长河奔涌不息：曾几何时，金戈铁马，猎猎旌旗，始皇帝嬴政直驱长车，踏破六国山河，扫尽烟尘，一统华夏；曾几何时，往昔那位英武盖世的皇帝变得麻木不仁，他大兴土木，滥杀无辜，民怨四起，哀声震天；曾几何时，我们被送到了这儿，那位皇帝与我们共眠。我们对他，有太多的感慨，太多的崇敬，当然，也有太多的愤怒，太多的失望。但我们，仍忠诚地站着，站着……

　　历史沧桑，说不尽也道不完，我静静聆听历史车轮的滚动。

　　我听到了"天生我材必有用"的豪言，也听到了"朱门酒肉臭，路有冻死骨"的哀吟；我听见了来自历史的声音，有兴奋的，有辛酸的，有豪迈的，有悲壮的；我听到岳飞的"三十功名尘与土，八千里路云和月"；也听到了文天祥的那句"人生自古谁无死，留取丹心照汗青"。我为祖国有这样大节不辱、精忠报国的英雄感到自豪。

　　我也知道了卖国贼秦桧。每当人们谈起他时就会咬牙切齿，为祖国出了这样的不肖子孙而恼怒气愤……

　　历史的车轮啊——抹不去的梦。猛然间，我听到了炮声阵阵，漫天火光中，侵略者的铁蹄踏进了中华大地，他们拿着鸦片，挥着洋枪，在中华大地上横行霸道……那一双双魔爪沾了多少中国人的鲜血，那一声声撕心裂肺的叫喊，揪着我的心。我想放声大哭，可又不能，我只是秦始皇陵中的一尊陶俑呀。我哭不出声，眼看着大好河山一点点地被吞没，我绝望了……

　　恍然间，我听到了致远舰震天的轰鸣，听到了武昌起义嘹亮的号角，听到了一位老人"天下为公"的铿锵誓言……心中又涌起了一缕企盼："中国，还有希望！"

我更专注地听着：公元1949年10月1日，喜讯像插了翅膀，飞到了大江南北、天山内外："中华人民共和国成立了！"

我欣喜若狂，长舒了一口气，一颗悬着的心放下了。

当我醒来的时候，惊奇地发现自己站在宽敞明亮的展览大厅里，我看到儿童、青年、老人……向我和伙伴们奔来，笑着，跳着……

望着他们惊讶的神情，我真想长出一万张口，告诉他们："我从两千年前走来，我马不停蹄地漫步在历史的征途上……"

我要倾吐几千年来蕴藏在心中的历史故事，我要让他们知道祖国前进道路上的曲折坎坷，知道祖国建设发展中的巨大辉煌……

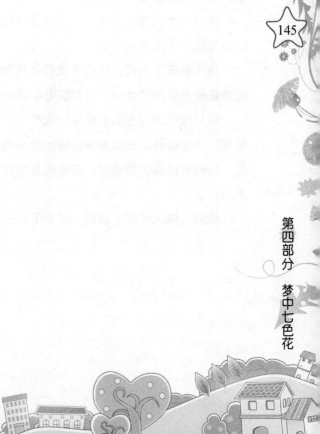

最想当强者的老鼠

钱亦洲

有一只老鼠，总嫌自己太小，想变成猫。于是，他天天求上帝，要上帝把自己变成猫，终于有一天，上帝答应了老鼠。

从此，老鼠变成了猫，以为自己很了不起，到处在老鼠面前横行霸道。有一天，他肚子饿了，正准备再到池塘偷鱼吃，一只狗狂吠着向他冲来，老鼠变成的猫被吓跑了。

于是，他又求上帝把自己变成狗，上帝又答应了他的要求。

这只变成了狗的老鼠得意极了，在帮主人看园子之余，还不忘欺负猫。他上岗的第二天晚上，来了只狼，老鼠变成的狗极力抵抗，可不但没有赶跑狼，自己还被狼咬得遍体鳞伤。

因此，他又变成了狼。这下他开始在森林里胡作非为，但是有一天，他的猎物被一只花斑虎抢走了。

他又变成了老虎。这只老虎到处抢食，直到有一天，他见到了大象。老虎虽是国家级保护动物，但大象可不理他这一套。

这只想成为强者的老鼠又一次变了，他变成了大象后，变得十分威武，可是，不一会儿，他就发现，他虽然高大，可老鼠这种小动物却成了他的天敌。这只老鼠终于想通了，这个世界没有最强的动物，每种动物都有自己的天敌。

最后，他又变回了老鼠，过上了以前的生活。

146

未来世界的我

郭延泽

现在是2060年，别看我已经62岁了，身体却像一个18岁的小伙子一样。我在美国当上了著名医院的医生，还是哈佛大学的医学教授。

早上，睁开双眼，电动窗子就跟着一起打开了，新鲜的空气扑面而来。马上，智能床就开始为我洗脸、刷牙、洗澡。随后，电脑发出指令，为我穿上了电子服。这种衣服有很多种功能，是当今世界上最伟大的发明之一，不仅可以冷热自动调节，而且这件衣服最大的好处是特别的轻，只有0.0001克重，让你根本感觉不到它的存在。

一切准备完毕后，我走出了我的高级别墅，用手指点击了一下指纹锁，门立即就被锁上了。我走进车库，开着私人飞车，向医院开去。忘了告诉你们了：这种车没有尾气，还能在空中飞行，能源是太阳能，最快速度能达到每小时1000千米。

147

来到医院，只见一个黑头发的中国母亲坐在候诊室里很是着急，一问才得知，她的儿子得了心脏病，正要做心脏移植手术。我连忙把她的儿子推进了高级电子手术室，进入手术室后，我在电脑上启动了虚拟手术刀，我的动作会被机器人重复。两小时后，手术成功，我走出手术室，孩子的母亲向我走过来，手中还有一束鲜花，不停地向我表示感谢。

病人自动移动车把孩子送到了病床上，孩子躺下来后，我控制病床为孩子在刀口上铺了一层快速愈合药膏。两分钟过去了，孩子的伤口已经愈合了。孩子跳下了病床，妈妈带着孩子乘上超光速列车回到了中国。3分钟后，我接到了一个来自大洋彼岸——中国的电话，原来她们已经到家了。

放下电话，我无比荣耀，因为我能利用高超的医术挽救病人的生命，造福于人类，让他们远离疾病。

小蟑螂逃命记

邹治东

"妈妈，我可以出去遛遛吗？"小蟑螂仰起头问妈妈。

"当然可以！憋了一天，也该出去活动活动！不过，你还得注意点安全，知道吗孩子？"蟑螂妈妈说。

"放心吧，妈妈，都午夜12点了，这正是人类的黄金睡眠时间，不会有事的。"小蟑螂边说边从橱柜里溜出去。

小蟑螂溜出橱柜，在厨房里尽情地奔跑。它一会儿跑到灶台上跳上一支舞，一会儿又顺着灶台溜下来，在垃圾桶里打上几个滚，那疯狂劲就甭提了！疯狂了一阵，小蟑螂决定在厨房里找些吃的。它爬到锅盖上，东闻闻，西嗅嗅……"啪"的一声，厨房如同白天一样亮。小蟑螂吓晕了，竟然不知往哪儿逃窜。突然间，只觉得天昏地暗，小蟑螂感觉自己好像被什么东西盖住了，而且这东西越裹越紧，最后让小蟑螂感觉有些窒息！一会儿，那不知名的东西松开了些，小蟑螂用尽全身的力气往外跑，终于冲出了危险地带。这时，小蟑螂就像一只无头苍蝇，东逃西窜，可那不知名的东西却像孙悟空的金箍棒，穷追不舍，小蟑螂的胆都快吓破了。正当小蟑螂感到逃命无望的时候，它突然发现那不知名的东西停止了对它的进攻，它乘机逃回了橱柜。

回到橱柜，它本想把刚才惊险的一幕告诉妈妈，可找遍了家里，也没发现妈妈的踪迹。小蟑螂只好坐下来喘喘气，平静一下心情。它的屁股还没坐稳，看见妈妈慌张而入。小蟑螂急忙跑上前去，扑进妈妈的怀抱，说："妈妈，刚才……"

"孩子，没事就好，要不是我及时出来分散人的注意力，你现在可能命丧黄泉了。"

直到这时，小蟑螂才明白：那不知名的东西为什么突然停止了对它的进攻。它抬起头，泪眼汪汪地望着妈妈，心情久久不能平静。

第五部分

一地阳光

　　静静地、静静地，一切都沉睡着，让你不忍心去惊扰他们。窗外，城市像一个刚刚醒过来却仍赖在床上的人，浸在了由昏暗的光线织成的网罩中间。

——胡桐《一地阳光》

我的厨师梦

李 炜

当老师问同学们的理想是什么时，我发现很多人的理想都是那么远大：有的想当科学家，有的想当天文学家，有的想当设计师……我的理想呢？和上面的同学比起来真的不算远大，我只想当一名杰出的厨师。每当我吃到可口的饭菜时，我都会不由自主地产生这种想法。我的伯伯是厨师，他开了一家很大的饭店，菜谱上面的菜多得我数都数不过来。因为菜的式样多、口味好，久而久之，他的饭店名气变得越来越大，所以生意兴隆，口碑良好，还赚了很多钱。我十分羡慕他。

当我对伯伯说我的理想是当厨师时，伯伯高兴地说："好呀！俗话说'民以食为天'，厨师这个职业就是从这句话中产生的。广东的厨师更厉害了，他们有一句吓死人的谚语：'天上飞的只有飞机不吃，地上四只脚的只有板凳不吃。'当个厨师有你学的。"听到这句话，我不由得对厨师们产生了一股浓浓的敬佩之情，更是发誓要当一名厨师。

如果我当了厨师，我会自己开一个饭馆，每天都要以饱满的热情做出最可口的饭菜；我会做出五花八门的饭菜供大家品尝，让每个人都心满意足；我会在油上下功夫，坚决不用"地沟油"，博得广大顾客的信任；我还会把菜洗得干干净净，让大家吃得健康，吃得顺心，吃得满意……

由于我有了当厨师的想法，所以我在家里努力练习。星期六、星期日的早点基本上都是我亲自动手，有时，我还会尝试着做一些饭菜。经过不断的练习，我已经取得了很好的成果：蛋炒饭我炒得色泽金黄，辣椒炒肉我做得香辣十足，豆角我也炒得香嫩可口……

虽然现在我不能开饭店，但是我会朝着这个目标努力。相信不久的将来，我能梦想成真。

我要做环保小卫士

陈海林

我决定了，做一名环保小卫士。现在环境污染太严重了，我在电视上看见了一个节目，它的名字叫城乡环境整治，号召市民爱护环境。而且，还要让那些可怜的垃圾朋友回到自己的家。

第一个垃圾朋友：菜市场上的烂菜叶

让它回家的难度：★★

我们这里菜市场上的环保敌人——烂菜叶子，它们是被很多菜贩子丢弃的。由于他们身体烂了，没有人买，就被丢掉了。我要向菜贩们宣传，让他们收拾完不要的菜叶子。让我们的菜市场干干净净，带可怜的烂菜叶子回它们的家——垃圾桶。

第二个垃圾朋友：早餐丢弃的塑料垃圾袋

让它回家的难度：★★★

早晨，我去学校时会经过一个十字路口，那里是垃圾袋最多的地方。镇上远近的大人、小孩都会在那里买早餐吃。我们的垃圾朋友——塑料袋，在做完它们的贡献后，就被扔在了地上，被大家踩来踩去。所以，我要向吃早餐的小朋友、大朋友大声说，请你们不要把塑料袋乱扔在地上，要送它们回自己的家——垃圾桶。

第三个垃圾朋友：躺在小河里的垃圾

让它回家的难度：★★★★

镇上有一条小河，它也是小鱼的家，是我们的好朋友。可是，现在它的身上很脏很臭。镇上的人一不小心就会把垃圾随着污水倒进下水道里面，它们被冲进了那条很脏的小河里。现在，小河身体里面不仅有粪便、塑料袋，还有我们吃不完的东西。现在它脏了，气味难闻了。我要向大家说，要爱护我们的小河，小鱼小虾才有家园。让流向小河的污水去它们自己的家——污水处理厂。

我一定要做一个环保小卫士，为了我们的美好家园。

快乐的时光

周雪婧

　　快乐，有时是庄严的，有时是活泼的，有时是令人琢磨不透的。我的快乐只在几分钟，而那又是埋在心底的一份喜悦之情。

　　我的快乐时光，是放学回家坐在电瓶车上，和妈妈聊天的时候，谈着，笑着……常常会情不自禁地站在后座的脚踏板上，头向前倾，双手搂着妈妈，与她谈天说地，倾诉着自己的喜怒哀乐，讲讲校园里发生的奇闻趣事，或是唱唱新学的小调儿，说说新奇的谜语和脑筋急转弯。如果说些自己的快乐，她会让我更加快乐；如果是考试时成绩不好或不开心，与她诉说后仿佛拨开乌云重见阳光一般，心情也会晴朗起来。和妈妈说话时，路边的柳树变得更加翠绿，野花也展开了笑脸，小鸟唱着歌飞来飞去……仿佛都在赞许我有个好妈妈。

153

　　记得有一次，我的测验考试成绩不是很好，放学后，我低着头走出学校，妈妈此时正在校园门口等着我。见到妈妈，我又与妈妈倾诉起来，不一会儿，我又高高兴兴地跨上电瓶车。我笑呵呵的样子刚好被芸看到，芸是个差生，平时考试比我低好几十分，这次却只比我低一分。她趾高气扬地说："考砸了还笑，我都和你差不多了。"但我却并没有生气，婷看到芸这样取笑同学便忍不住说了她几句。我则对婷说了一遍妈妈的话："没考好下次争取考好，吸取教训下次改正。"婷听了我的话笑着说："君子不与小人计较，你好酷啊！"说完，我们都哈哈大笑起来，妈妈也笑了……

　　我的快乐时光虽然短，但我却很珍惜它，要是没有那几分钟，我就不会是现在这个活泼外向的女孩了。夕阳下，我在电瓶车上紧抱着妈妈，向着梦想与快乐的地方走去……

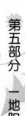

2010年，我的酷暑假

华雅云

2010年，我要过一个与以往不一样的"酷"暑假。

今年暑假，我们要装修新家。我向爸爸提出了建议：我的新卧室装饰我自己设计。我要把我的房间布置成一片美丽的"绿洲"：绿色的墙、绿色的床、绿色的书桌、绿色的书柜、绿色的窗帘、绿色的门……绿色的床铺靠着绿色的墙壁，这样，每天睡觉时，我就会有躺在一片软绵绵的草地上的感觉。床的右边是绿色的书桌，床的左边是绿色的大书柜……哇，一片绿色！你知道我为什么要用绿色来装扮我的房间吗？因为绿色的夏天可以让人觉得清爽，即使是在萧瑟的秋天，寒冷的冬日也不失春意，况且，绿色还能保护我的心灵之窗——眼睛。当然，我不会忘了"绿色春天"里的花朵——房间里会有一些美丽的小饰品。怎么样？

我的设计酷吧！今年暑假，我这房间设计师当定了，预祝我成功吧！

虽然是放假，但我可不想当瞌睡虫。每天早上7点到8点，我要完成一部分作业，争取在半个月内将暑假作业完成。接着，我每天要跟妈妈学做一道菜：第一天学做酸菜鱼，第二天学做红烧肉，第三天学做蘑菇鸡汤……每天，我总能吃到自己亲手烹饪的美味佳肴，不是很开心吗？对了，我还要找一份"正式"的工作——当个光荣的"人民教师"。每天下午，我要让邻居家的小弟弟、小妹妹到我家里上课，当我的学生，教他们写字、画画、唱歌、跳舞，还要给他们讲许多我自己也喜爱的童话故事。我一想到他们喊我"华老师、华老师……"心里可美了。

怎么样？2010年，我的暑假很酷吧！

154

一个孩子的呐喊

孙胜男

唉！爸爸妈妈又吵架了，我和姐姐真不知该怎么办才好。

中午，爸爸妈妈还和颜悦色地说笑着，可是到了下午不知为什么就突然晴转多云了。他俩谁也不理谁，妈妈一边做饭，一边摔东西，嘴里还不停地唠叨着。爸爸坐在沙发上默默地吸烟，用沉默来表示无声的抗议。由于妈妈啰唆个没完没了，爸爸实在忍受不住了，就站起身来大发雷霆。由此，一场家庭纠纷拉开了战幕。

他俩你一句，我一句，互不相让。我和姐姐像两只被人遗弃的小猫，可怜巴巴地坐在那儿一动不动。我撇撇嘴，鼻子一酸，泪水夺眶而出。家里没有了往日的欢声笑语，而到处充满了紧张、恐怖的气氛，我真想对爸爸妈妈说："爸爸、妈妈，你们别吵了，你们知道吗，我们心里比你们更难过！"可是，无形的恐惧在我心里作祟，我的腿像拴了两块大铅块，无法向前挪动半步。没办法，我只好向姐姐那儿望了望。我看见姐姐正低着头，默默不语，我便对她说："姐姐，去劝……劝劝他们吧！"我的声音又小又颤，还带着哭腔。姐姐抬头看了看我。我猛然发现，姐姐脸上也挂满了丝丝泪痕。她勉强向我点了点头，迈着沉重的步子，走进爸爸妈妈的屋子。

争吵还在进行着。我在外边听到了姐姐正用那微小而颤抖的声音向爸爸妈妈说："你们别吵了，有什么事可以商量啊！"可是姐姐的声音哪里比得过爸爸妈妈的声音，她马上就被爸爸妈妈顶回来了。姐姐沮丧地走回屋子，向我强装着笑脸说："他们自己会和好的！"我一听，心里像针扎一样难受，再也抑制不住自己内心的痛苦，趴在床上"呜——呜——呜"地哭起来。

爸爸，妈妈，停止你们那无休止的争吵吧！你们可知道，它会给我们幼小的心灵造成多大的创伤！

155

第五部分 一地阳光

一地阳光

胡　桐

这是一个初冬的早晨，空气清新。恍惚中，也不知被梦扰乱过多少回。我睁开了双眼。

四下里一看，什么动静都没有。我无心再睡觉了，便离开了自己的小床，披上了外衣，但我还是觉得冷气不断地向我袭来，我忍不住打了个哆嗦。

静静地、静静地，一切都沉睡着，让你不忍心去惊扰他们。窗外，城市像一个刚刚醒过来却仍赖在床上的人，浸在了由昏暗的光线织成的网罩中间。

突然，一阵"沙沙沙"的声音传入了我的耳畔，啊，我定睛一看，是清洁工！在朦胧的光影包围中的她，只是一个人默默无闻地扫着。当过路的人匆匆从她的身边经过时，似乎只是用一种挑衅并带有点讽刺性的嘲笑和冷漠瞥了她一眼，便匆匆地离去了。

我似乎被她的辛苦感动了，不禁多看了她一眼，虽然在我的眼前只是一个忙碌的身影，但却给了我许多的感慨：啊，难道这人世间就没有一点同情和怜悯吗？

我感到郁闷……

突然，清洁工的目光落在了一处肮脏不堪的地方，她的脸上没有丝毫犹豫，相反，脸上流淌着真诚的、乐观的笑容。

这是一种神秘的笑容，看得见、摸得着，隔着好几步远，你也能强烈地、清晰地感受到它的真诚和实在。我觉得眼睛里仿佛有东西流了出来。

"沙沙"声戛然而止，一瞧，原先肮脏的地方如同被施了魔法，干干净净的，没有留下一丝痕迹，我想：这大概便是一个清洁工的责任吧！阳光就在这时洒下来，铺满大地。她的身上也蒙上一层圣洁的光辉。

"吱呀吱呀"的，清洁车动了起来，那声音渐渐地消失在了我的耳边。

我拉上了窗帘，脑子里还是不断地浮现出刚才的情景来。在这沐浴着充足饱满的阳光的清晨，曾经在这小区的门口，一个极其瘦弱的背影永远地刻在了我记忆的长河里……

157

第五部分　一地阳光

第一次一个人睡觉

谷　雨

　　今年暑假的时候，妈妈对我说："谷雨，你快10岁了，应该一个人睡觉了。"我再三央求妈妈别让我一个人睡觉，可是妈妈像吃了秤砣一样铁了心，无论我怎么闹，妈妈也不答应。我只好孤独地、垂头丧气地走向属于我自己的房间。

　　我悻悻地走进房间，躺在床上，刚关掉台灯，突然感觉到好像有一个人站在床边，正张牙舞爪地向我扑来。我吓得大叫一声："我的妈呀！"爸爸妈妈听到我的叫喊声，连忙冲了进来。他们把灯打开，我一看，哪有什么人啦，原来是一个玩具娃娃，害得我虚惊一场。

　　我又关掉灯准备睡觉。闭上眼睛，尽量什么也不去想，但我总是感觉到这房间里满是魔鬼，他们随时都有可能把我吃掉。突然"啪"的一声，这声音好像是从床底下发出来的，我惊得大叫一声："鬼呀"！并迅速地打开了台灯，这才发现原来是书桌上的语文书没有放好掉在了地上，吓得我出了一身冷汗。这一次，爸爸妈妈没有再来。

　　怎么办呢？第一次一个人睡觉怎么这么难呢？我左思右想，终于想出了一条妙计。我拿出一张纸和水彩笔，在上面画了一个孙悟空。我把这幅画贴在床头，我想：魔鬼一定害怕孙悟空，孙悟空肯定会保护我的。

　　我把台灯打开，一直看着孙悟空。看着看着，我的心终于平静下来了，我也在灯光下慢慢地进入了梦乡。

电梯惊魂

卜　桐

一片漆黑，电梯在高空发出"吱吱"的铁轨摩擦声，电梯里的人个个惊慌失措，电梯里的风吹得"呼呼"作响，听了让人激起一身鸡皮疙瘩……哈哈，怕了吗？这可不是在恐怖片里才有，而是在我们身边也出现了。

星期六的晚上，我和范济涛、蔡弈伟、林德隆、侯凌峰等10人一同去参加汤佳楷的生日会，并在那儿玩儿起了寻宝游戏。游戏接近尾声，我们一行人准备从28楼下到3A的"汤寿星"家吃生日蛋糕。走进电梯，电梯随即就关上了门，可等了好一会儿，却发现电梯连一厘米都没下去，根本感觉不到物体升降所产生的惯性。"怎么回事？难道……故障？"我抱着一线希望把所有楼层都按了一遍，可所有楼层的按钮都集体罢工，更可怕的是，连门也不开了。门像一个身强力壮的武士，把我们困之门"内"。

我们就这样被困在小小电梯里，其中又有几个胖哥们，十几平方米的电梯此刻显得非常拥挤了，而且还在28楼这么高的地方，万一电梯要突然闹别扭，嫌保养得不够好，一口气朝1楼狂奔，妈呀！那吾等10人小命不保了。为了我的命，为了大家的命，我一边拿起紧急电话通知保安叔叔救我们，一边不停地按报警铃，一遍又一遍的铃声响过，外面却没有任何动静。正当我大呼"此命完矣"之时，门，缓缓地开了。我们冲出电梯，直奔保安室，与保安叔叔轮流握手并亲切交谈，随后共同庆祝我们虎口脱险，忘情地手舞足蹈……

经历了一场惊心动魄的电梯惊魂，我们便将每年的4月3日，定为"吉莲四栋电梯惊魂日"，并计划每年的今天都要去坐一次那栋的双层电梯，以此庆祝我们10人大难不死，必有后福！

159

第五部分　一地阳光

暑假打工记

吴诗琦

炎热的暑假，天天在家无所事事的，我有些按捺不住，很想找点事儿做做。要做什么呢？

一天，突然灵机一动，不如就帮妈妈做家务吧！于是，向妈妈说了我的想法。"好！"妈妈很高兴地同意了。"下面开始制定工资标准。"我赶紧说。经过了一番讨价还价，终于制定了双方都满意的价格：整理房间一次5元，洗碗一次1元，洗厕所一次3元，拖地一次3元……打工协议书就此签订。就这样，我开始了打工的生活。

"嘿嘿，今天是第一天打工，一定得做好点儿，说不定老妈一高兴，给我提工资呢！"很快，房间便一间一间地干净了，客厅也被我拖干净了。豆大的汗珠儿从额头上滴下，我的衣服全湿了，身子也有些直不起来了。我一屁股坐在沙发上，动都懒得动。唉，拖个地也这么累，这工该怎么打下去啊？

妈妈下班回家，检查了我的劳动成果，觉得效果不错，便竖起拇指称赞。于是，我又有兴致了，搬来一堆脏衣服，扔进洗衣机开洗。吃完饭，我又开始洗碗，忙忙碌碌，一天下来还赚了不少。

这样的情景在我家只出现了几天，不久便烟消云散了。干家务太累了，腰酸背痛，就差腿抽筋了。第六天，妈妈冲着我吼道："这么多天没拖地了，这钱不想赚了是吧？""这太累了吧？这不是折磨我吗！""是你自己当初强烈要求的，必须做下去，不能三天打鱼，两天晒网！做事只有三分钟热度怎么行？这是态度问题。"有道理，我可不想被别人瞧不起。于是，我拿起拖把向自己发起挑战。汗珠掉下，我也不管了，就是用力拖。然后整理房间，把东西全都快速归位，床也整理得整整齐齐……不一会儿，房间又恢复了原先的整洁，地也似乎在放光。我的心情，那叫一个舒畅。哈哈，原来我也可以打造出一个整洁的家！

　　这以后，我咬咬牙坚持了。从暑假起到现在，我已整整赚到了100多元喔！嘿嘿，真是太爽啦！

偷偷童年，偷偷乐

潘晟威

要说我的童年，那肯定是"偷"出来的：偷偷把别人的椅子拿开，让别人摔个屁股蹲儿；偷偷把妈妈藏起来的糖果拿出来吃；反正我也记不清我"偷偷"过几次了。

在众多的"偷偷"中，有这么一件事，至今还让我记忆犹新。那时我还小，在上幼儿园中班。那时的我是个捣蛋鬼，整天就想着怎么捉弄人。一个夏天的中午，大家刚吃完饭。我闲着无聊，便想捉弄捉弄人。想了半天，想出了个好主意。趁大家在玩儿的时候，我悄悄地坐到离空调最近的地方。正当我要伸手拔空调电源的时候，一个小朋友从旁边串了出来，看见我要拔，刚想大叫，我就对他说："嘘——别出声，等会儿看好戏！"小朋友点了点头，假装走开了。虚惊一场的我连忙拔掉插头，若无其事地走开了。

过了一会儿，我装作很热的样子，跑过去问了老师："老师，怎么这么热呀？"我脸上做出一副难受的样子，心里却笑个不停。老师跑过去一看，发现插头掉了，插了上去。因为插头插得很紧，不会自己掉下来，所以肯定有人拔了插头。于是，老师让大家坐好，问："你们当中有谁拔了空调的插头？"大家你看看我，我看看你，都摇摇头。这时，小朋友大叫一声："哎呀，潘晟威，原来你叫我看的好戏就是这个呀！"坏了！老师看着我，没说什么，只是让我过会儿到办公室去一趟。

来到办公室，老师没有批评我，只是给我讲了一个故事："从前有一个人，他很喜欢和别人开玩笑。有一天，他的朋友很不开心，他却不知趣地开他的玩笑，弄得他的朋友心情越来越差，最后和那人绝交了。这个故事说明了开玩笑是可以的，但要搞清楚状况，而且不能总是开玩笑，这样反而让别人讨厌你。孩子，你要知道会开玩笑的人是聪明的，总是开玩笑的人是令人讨厌的，所以开玩笑也要有限度。"

误 会

宋 晔

　　我爸爸在小镇上经营着一家饭店。因为紧靠马路，每天，南来北往的顾客很多。在招待客人的过程中，常常由于语言交流的不畅而发生一些误会。

　　记得有一次，一位山东客商路过常熟，进了爸爸的饭店吃中饭。落座后，他就操着浓重的方言对服务生说："小兄弟，先给俺'八'根葱。"服务生顿时纳闷：一下子要八根大葱吃得了吗？真不知他怎么吃法！带着疑惑，服务生还是去准备了。一会儿，就端出装满了大葱的托盘，对客人说："您要的八根大葱来了，绝对新鲜，保您满意。"谁知，客人看着大葱，气得脸色发紫，愣了半天才指着服务生说："你——当俺是啥！俺吃得了吗？"原来，他要服务生给"剥"根葱，想吃葱拌酱，没想到给了他这么多，以为是在捉弄他呢。服务生连忙赔不是，客人好不容易消了气。可他的肚子还饿着呢。便又对服务生说："'睡觉'（水饺）多少钱一'晚'（碗）？""什么？再说一遍！"服务生怀疑自己听错了。"'睡觉'多少钱一'晚'？"客人放大了嗓门说。这下，轮到服务生脸色大白了："对不起，我们这不是旅馆！"山东客商气急败坏地从座位上跳起来，一拍桌子，吼道："真是活见鬼，气死人啦！"说罢，头也不回地走了。爸爸闻声从厨房里面赶出来，可惜晚了。问清了缘由，爸爸望着客商远去的背影无奈地说："这场误会都是方言给闹的啊！"

　　有人说时间是最宝贵的财富，有人说金钱是最宝贵的财富，我说啊，讲好标准的普通话也是最宝贵的财富。但愿发生在我爸爸饭店里那样的误会不再重演，但愿我们的社会因为有了普通话而变得越来越和谐融洽。

163

练　胆

蒋文文

哥哥经常笑我"胆小如鼠"。实际上，我的胆子比老鼠还小。夜深人静时，老鼠还敢出来偷东西呢，而我，天一黑便不敢出屋。

"二胖，你的胆子太小了，长大了怎么办呢？"哥哥常这样说我。"不用你说我，明儿个我练练胆子，非比你强不可！"我说。

这天晚上，我找到隔壁的柳国英，一起去了北河沿坟地。

天气很坏，阴天，又刮着大风。这一带没有路灯，周围漆黑一片，真好似古书里说的"阴曹地府"。

我拉着柳国英的手，身子紧紧地挨着他向前走着。

突然，我看见前方有光在动，我的眼前顿时出现了书中写的"眼似金灯"的魔鬼形象。我感到恐怖极了，撒腿就往回跑。国英一把拉住了我。"你跑啥？""有鬼，快看！""你呀！"国英笑得弯下腰，"那是汽车。你听——"我回过头来，仔细一听，果然，那亮光移动的方向，传来了低沉的马达声。

"哦，吓了我一身汗。"

"你看，前边土堆那里是墓地，上面有蓝色的火光，你知道那是什么吗？"我望了望，远处一片黑乎乎的土坟头，有几朵蓝色的火苗在跳动，真像一只只蓝色的眼睛。我又有些惊慌了："国英，我们快回家吧！""那是磷火，迷信的说法就是鬼火。"国英给我解释。"哦。"我点点头。

"我们已经来了半天了，你看见鬼了吗？"国英问我。我不好意思地说："没有。"

回家路上，我觉得风也小了，天也不那么黑了，我们唱起了歌。

哥哥见我这么晚从外边回来，有些吃惊。我得意扬扬地对哥哥说："怎么样，咱到坟地里走了一趟，你敢吗？"我吹着牛。

这一次练胆，使我的胆子大了，从这以后，到了晚上我再也不害怕了。

痛苦的暑假生活

曾烨华

在暑假里，同学们像一只只无拘无束的小鸟，没有学习的沉重负担，没有母亲的唠叨，在属于自己的空间里自由地飞翔；到游泳池边尽情地嬉戏，任由晶莹的水珠在身边跳跃；到风景如画的东湖，体会那湖水浸湿衣衫的别样风情；走进热闹的超市，品味那空调所带来的阵阵清凉；坐在电脑前，让电脑键盘在指间奏出"噼里啪啦"的美妙乐章……可是，此刻的我呢，不仅被安排了令人窒息的学习任务，还让爸爸妈妈失去了他们应该担负起的责任。

回想上学的时候，每天早晨妈妈都会早早地起来为我制作专为我设计的营养早餐。可现在倒好，早上起来多久了，肚子也饿得"咕咕"叫，可对于早餐，却是妈妈推爸爸，爸爸推妈妈，最后再一致认为是我不讲道理，已经放假在家，却不让父母睡懒觉，好好休息一下，太不体谅他们的辛苦了。最后只好饿着肚子到中午一起吃，连早饭也省下了！

下午，我正在做习题。爸爸在外面喊了起来，"女儿，给我们倒杯水。"原来趁我放假在家，不必担心影响我的学习，老爸邀了朋友前来"码长城"。这下可好，倒上几杯水，回来后把刚想出的答案都给忘记了。

平时一下午可以写四个练习，现在只能写一个了。以前总是抱怨自己一个人在家寂寞无聊，现在虽然热闹了，我却也成了服务生！

我们总是在夏天的时候期盼冬季来临，而在冬季又会盼望夏天的到来；开学的时候盼着放假，一旦放假了就又会想着上学。这个意识，在今年的这个暑假变得特别强烈！

165

繁忙的周末

华佳辉

周末，应该是属于孩子们的，是小孩子尽情玩耍的日子。可自从进入六年级后，我越来越惧怕周末了，有时候，感觉周末比平时在学校的日子还要难熬！

周六早晨，"丁零零……"6点钟，我就被闹钟"残忍"地剥夺了睡眠权！迷迷糊糊地睁开惺忪的眼睛，听着外面呼啸的风声，实在不甘心这么早就起床，今天可是周末啊！

"你还磨蹭什么呢？快起来！"妈妈又在催我了。我不情愿地把胳膊伸出被窝，"呀，好冷！"我急忙又缩回了胳膊，经历了一番苦苦"挣扎"后，我总算从温暖的被窝里爬出来了。来到卫生间，一杯水，一支牙刷，上面挤了一条牙膏，这是妈妈为我准备好的一切，我无奈地端起杯子准备刷牙，楼下又传来妈妈的大喊："刷牙洗脸动作快点，然后来吃早饭。"

在妈妈的再三催促下，我三下五除二，完成了刷牙工作，一路直奔，来到厨房，我可不想再让妈妈催了。妈妈早已坐在餐桌旁了，餐桌上摆着精致的早餐，热腾腾的粥和牛奶，还有鸡蛋和小笼包子。我拿起包子狼吞虎咽地吃了起来，妈妈边吃边抓住一切时机说："孩子，你已经上六年级了，一定要抓紧啊！今天的作业是语数英3份试卷，外加一份奥数试卷，再加半小时英语，一篇日记。"

"哦……"听着妈妈的唠叨，我"咕咚"一声，恨不得一口把嘴里的包子咽下，还让不让我活呀，一早晨怎么可能写那么多的作业啊？唉，母命难违啊！

早餐结束，妈妈匆匆忙忙地上班去了，我开始奋笔疾书，攻克一张张的试卷，1小时，2小时，3小时……4个多小时后，妈妈给我布置的任务终于快完成了，我长舒一口气，伸了伸懒腰，"啊，我太伟大了，能完成这么多作业，真是不容易啊！"

中午，妈妈回来了，她仔细检查了我的作业；一点钟，我又在妈妈的带领下来到老师家里开始补奥数……上完课，我拖着疲惫的身子回家了，一头躺在床上，再也不想动了，好累啊！

"灰太狼"大战"食人鱼"

胡狭然

星期六，妈妈、爸爸、姑姑、姑父带我去汤山泡温泉，我心里别提有多高兴了，恨不得立刻插上翅膀飞过去。

我们兴高采烈地上了路，一路上有说有笑。到了目的地，更完衣，我迫不及待地跃进了一个池子。我尽情享受着温泉和日光的沐浴，突然一大桶冰水从天而降，一股脑地倒在了我的身体上，我"啊"的一声跳起来，满身都是鸡皮疙瘩。我赶紧逃到了一个叫"波水冲浪"的水池，池子里有一个又一个的小漩涡。我试着把手伸进漩涡，天呀！水流的力量可真够大的，我用尽力气才把胳膊拔出来。

正玩儿得带劲，姑姑说："我们去'小鱼池'吧。"小鱼池？这又是什么新鲜玩意儿？我怀着好奇的心情跟着姑姑来到"小鱼池"。呀！池里有许多的小鱼，它们活像一个个小精灵，在水里惬意地游着。我悄悄地向它们逼近，可还没伸出手去，它们就逃走了。看来，我不是如来佛，它们也不是孙悟空啊！还是泡温泉吧。我刚躺下，就"啊"地发出一声惨叫。仔细一看，原来是一条小鱼在咬我的脚，接着，一条又一条的小鱼游过来，大口大口地啃着我脚上的皮屑，吃得津津有味，这简直就是《喜羊羊与灰太狼》的再版，我演的自然是狼狈不堪的灰太狼。"好痒啊！我受不了了！"我呵呵地笑着，手也不由自主地握成了拳头状。姑姑对我说："放松一点，过一会儿就适应了。"我试着放松，慢慢地，不觉得痒了。可鱼儿们不依不饶，好像在说："看样子我们要再用力一些。"只见一条小鱼游过来，突然纵身一跃，张大嘴巴，咬了我的脚一口。我痛得直叫，用力地甩头，好半天小鱼才掉进水里……

就这样，我又逃进了养生池、梨花池、杏花池……一路逃亡中，太阳已经偏西，在离开"汤山温泉"时我学着灰太狼的口吻说道："我一定会回来的。"

爬　山

张思捷

　　放暑假了，妈妈带我去九寨沟游玩儿。这其中最辛苦的一天，就是爬黄龙了。

　　那天中午，我们吃过午饭，精神抖擞地来到黄龙山脚下，我抬头望去，远处的山峰白雪皑皑，好像在向我们招手一般。两边的山峰真高啊！山上都是碧绿的树木，茂密挺拔。看看身边的姐姐和弟弟胸有成竹的样子，我心里暗暗发誓，我一定要爬上山顶。

　　我们开始爬山了，起初我欢蹦乱跳地一路跑去，又看看姐姐和弟弟在慢慢地走着，我心想：就凭他们这速度也想超过我？做梦吧！可谁知才爬到半山腰，我就不行了，已是大汗淋漓、气喘吁吁。于是我往路旁的椅子上一坐，不想爬了。

　　可一想到刚才发誓时许下的诺言，又觉得勇气和自信回来了。于是我站起来，鼓足了勇气，又向上继续前进。这时我才发现，栈道两旁小溪奏着美妙的乐曲，"叮叮咚咚"地拨着琴弦，碧盈盈的溪水倒映着蓝天、白云、山林。还有许多小鸟在枝头欢唱；栈道的树丛中跳跃着可爱的小松鼠……我们笑着、唱着、走着，不知不觉中就走上了山顶。

　　我站在观景台上，远望着美丽的五彩池。许多大大小小的水池像梯田一样，一层层的。池中的水非常清澈，有深蓝、有普蓝、有湖蓝、有碧绿、有淡绿等等颜色，所以才叫五彩池。

　　"坚持就是胜利！"如果我没有坚持的话，就看不到这美丽的景色了。今后成长的道路上也会有许多艰难险阻，但只要有战胜困难的勇气和信心，就一定能登上胜利的顶峰。

调皮的日子

王佳颖

　　今天我读了《亲近母语》上的一组文章，主题叫《调皮的日子》。在这些故事中，我看到了其他小朋友那一颗颗纯真的童心。

　　看着他们的故事，我很快乐，也不禁想起了自己6岁时的一件糗事。

　　那是一个宁静的夜晚，天很热，于是我缠着妈妈买了一瓶冰红茶。回到家洗好澡，我就迫不及待地抱着冰红茶爬到床上，津津有味地看起了电视。看一会儿动画片，喝两口冰红茶，再看一会儿动画片，再喝几口冰红茶，很是惬意。

　　广告时间，我随手玩儿起了冰红茶的瓶子，捏一捏，揉一揉，晃一晃，看看里面的泡沫是多了还是少了……一旁的妈妈见了说："可别把冰红茶弄在床上哦！"我满不在乎地说："盖子拧紧了。不信你瞧！"说着，我就把冰红茶高高举过头顶，并让瓶子翻转过来——没事儿！

　　我正得意地回过头去看妈妈，只听耳边"嘭"的一声巨响，头顶遭不明飞行物撞击，一股从未有过的冰凉感觉直泻而下，从额头到脸颊到脖子……我一下子蒙了，不敢睁开眼睛，过了好长一段时间才"哇——"的一声哭喊出来。"哎哟，你……"拖鞋声踢踏，那是妈妈冲到卫生间拿毛巾去了。我呢，呆呆地坐在床上，任冰红茶肆意地滴落，滴答、滴答、滴答……

　　哦，那些令人回味的调皮的日子啊！

动"手"不动"口"

朱恺晗

我们一家三人各有一台笔记本电脑。它延伸了我们的足迹，不出门就能"日行万里"；它丰富了我们的视野，坐在它面前，就能"通今博古"。我们的生活因它而便捷，因它而改变，以至于我们已经不习惯开口交流了，而是动手用MSN交流。

晚上，你经常会看到这样的场景：在我的大书桌前，爸爸、我、妈妈一字儿排开，每人面前都放着一台电脑。爸爸看股市行情、写博客文章；妈妈浏览旺旺网、叮当网；我则用"QQ旋风"下载电影。

每天，我们或你一言我一语，在网络上"针锋相对"；或"悄无声息"地沉浸于各自的网络世界之中。眼前只有"文字"，耳边没有"语言"。

突然，我的任务栏中有一个窗口在闪动，我点开一看，居然是坐在我左边的老妈发来的指责："你有完没完啊！还不去睡觉！"这时，又有一个窗口弹出，这是老爸的提醒："要记得洗脸洗脚！"妈妈的消息我还未回复，老爸的又来了："别忘了刷牙！"弄得我手忙脚乱的，打字又慢，刚回复了老爸的，老妈又发来一条："你们父子俩串通完了没有？""冤枉——"我回敬老妈一条。老爸也回复老妈："没完！"我看见老妈继续打字要发消息，连忙发了个屏幕振动，晃得她束手无策。

就这样，我们在网络上"打"了起来，老妈出"手"快，我哪里是她的对手？老爸消息经常滞后，我的回复总是不对称。"金口难开"的我，情急之下大叫："君子动口不动手！"

呵呵，几句动口就能说清楚的话，我们却搞得这么复杂！网络快把我们变成了动"手"不动"口"的"懒人"了。你说这网络是利大于弊，还是弊大于利？

奶奶的"网事"

李文欣

新鲜，真新鲜！一向说上网不好，会让人学坏的奶奶居然主动要求学上网了！

那天，我正准备去参加英语补习。这时，奶奶忽然叫住我："文欣，我看你天天上网大呼小叫，一'网'情深的，这上网有那么好玩儿吗？"

我一听就乐了："奶奶，这您就不懂了吧！上网可不只是玩儿游戏的，还可以看电影，听音乐，聊QQ……"

"那不都是玩儿吗？"没等我说完，奶奶插嘴道。

"不急嘛，您听我说。"我忙喊，然后继续说，"上网也可以查资料的，您看我平时有不懂的问题不也是请教'电脑'这位老师吗？而且网上购物既方便又便宜呢？这电脑哪有您想的那么坏呀……"

"好了，知道啦！"奶奶催促我说，"快去学英语吧。"

10点半，我学英语回来，掏出钥匙开了门。咦，奶奶呢？以往这时候她不是在客厅里看《铁齿铜牙纪晓岚》吗？人呢？"奶奶、奶奶！"我连喊了几声，也没人应。这时电脑房里传来了笑声。我进去一看，原来是奶奶在电脑前津津有味地看电影呢！看她孩童般的模样，我顿时明白了几分。

可是，奶奶什么时候学会了上网呢？看着我疑惑不解的样子，奶奶一本正经地说："看你说的电脑那么好，我就叫你姑姑来教我上网喽！以后，这个光荣而又艰巨的任务就交给你了！"

"接受您的任务。"说完，我还郑重地向奶奶行了个队礼。

从此，在电脑前，我常常看见奶奶那专注的背影，听到她那爽朗的笑声，看电影，听音乐，聊QQ……奶奶的电脑水平可是一天一个样，生活也充满了无限乐趣。

争论不如验证

史国滨

天气太热了，老爸为了掌握室内温度，买回家一支气温计。

老妈一见老爸的气温计，就笑："你买的这支气温计，一看就是次品的模样，又捡了便宜货吧。"

老爸一向很"小气"的，总是愿意花低价购物。常言说"便宜没好货"呀，爸爸淘来的许多低价品，一到了家就常常成了不能用的废品。

老爸听老妈耻笑，很不服气："别看这支气温计才一块钱，但质量绝对没问题，很准的。"

老妈又笑了："一块钱一支的气温计，可算是便宜到家了——我敢肯定，这次你买回来的便宜货，肯定又是一件废物。"

"绝对不可能，便宜也有好货的。这绝对是一支计量准的气温计。"老爸毫无根据地反驳。

"这绝对是一支废品气温计。"老妈不示弱，也毫无根据地"污蔑"。

老爸老妈开始争论，谁也不让谁。

我出面调停："你俩别争了，咱验证一下不就行了嘛。"

"怎么验证？"老爸老妈停止了争论，一起问我。

"看我的。"说完，我寻出了家里的体温计，又要过老爸手里的气温计——一起放在了腋下。

不一会儿，体温计显示我的体温是36.8摄氏度，而老爸的气温计显现出我的体温却是32摄氏度——显然我不可能有两种体温，而体温计应该是准确的。这说明了什么？说明了老爸买回家的这支气温计一点也不准嘛。

老爸一看验证结果，没话可说了。

老妈见老爸"认输"了，也就不再继续耻笑老爸了。于是一场家庭争论就此终止了。

第五部分 一地阳光

争论停止了之后，老爸老妈一起夸奖我："还是儿子聪明，居然能找出这么一个好办法来验证。"

我则有些骄傲地说："嗯，你们两个以后可要注意喽——遇事莫争论，争论不如验证嘛。"

老爸老妈频频点头——看来都很服气我这个会"验证"的儿子喽。

打 针 记

万祯熠

那天，我一到校就听说所有学生都要到医务室去接种疫苗，也就是打预防针。

这可怎么得了！我吓得脸色苍白，天哪，那么粗的针戳进肉里怎么受得了！我想逃避可是找不到理由啊。下午，我皱着眉头，极不情愿地随同学们来到了医务室。

同学们排着长龙似的队伍，等待着痛苦的降临。大家一个个都绷着脸，一副痛苦不堪的样子，仿佛受了惊吓的小兔子，我就是其中的一只。

前面的人越来越少了，一会儿就到我了。我的心提到了嗓子眼，而且一阵阵刺痛，好像有无数根银针向我可怜的心脏戳来。我真想大喊一声："我不要打针！"可看看身后，女生们正盯着我呢，我岂能在女生面前丢面子？我红着脸，嘟着嘴巴，慢吞吞地捋起袖子，迟疑地伸到医生面前。医生正做着准备工作，可我似乎已经感到针尖在我肌肉中扭动，让我痛苦不堪！啊！医生，轻点，轻点行吗？求您了！

一位医生抓住我的手，另一位医生拿了个酒精棉球，往我手臂上擦了几下，我紧闭双眼，紧咬嘴唇，感觉自己双脚在发抖。不，我要勇敢些，像个男子汉！于是，我鼓足勇气，挺了挺腰板，对医生说："来吧！"可真是奇怪，医生竟将棉球按在我的手臂上，并亲切地说："按一会儿，别让它掉了！"这么说——预防针已经打完了吗？我怎么一点也没觉得疼呢！

我按着棉球，乐颠颠地跑了回去。女生们急切地问我："疼吗？"我直摇头："不疼，不疼，都比不上蚊子咬！"从那之后我就明白了，其实打针并不痛苦，一切的紧张都是自己吓自己！

我们之间

胡　华

　　璇正背着《经典诵读》，我走过去，拍了一下她的肩，她一愣，脸上写满了惊讶，瞪着眼睛奇怪地望着我，我"扑哧"一声笑了起来，璇还没反应过来，也跟着莫名其妙地傻笑起来。我和璇之间的友谊像是童话。

　　"走，我们到外面去玩儿吧！等一下背给你听！"璇一甩漂亮的马尾辫，如得到了释放的小鸟般快活地跑了出去，丢下一串银铃般的笑声。

　　"胡华，我背给你听。"璇似乎没有准备过，背得支支吾吾，不时还要我提醒，背到最后因为着急，脸涨得通红，一个字都说不出来了。我也急了，急吼吼地说："你倒是背呀，真是的，还说自己很厉害呢，我怎么会交了你这样的朋友呢！"璇眨了眨可爱的眼睛，说："提醒一下嘛，不要这么节省口水啦！"我望着她，觉得刚才说的话好像过于"狠"了些，于是说："是你妈妈说的，让你快点背完，轻松些！"璇觉得很委屈，红润的樱桃小嘴不自觉地嘟哝了起来："刚才那句话不是你讲的吗！"我也学着她的口气，娇娇地说："那你不要背就算了啦，真是的！"语气虽然不重，但着实把璇吓了一跳："你、你！我再也不跟你好了！"璇语无伦次，说完了扭头就跑。我想，璇可能是闹着玩儿的，想想我们以前也是这样的，总是为了一些小事争吵，然后是一片沉默，接着两人相视一笑，又和好如初了。

　　当阳光从灰沉沉的云层中小心地"撕"开一条口子，往城市里笑眯眯地看上一眼后，世界万物就仿佛从魔法中苏醒一样，变得明亮、轻快、活泼，一切的一切都显得生气勃勃。

　　可是璇怎么还没来？难道……她真的不跟我好了吗？她是生我的气了吗？心头冒出了一连串的疑问，像打翻了怪味瓶。我急促地追过去，"璇，璇！你……你怎么了，你，你真的生了我的气了？"

放飞手中的风筝

176

璇冷冷地看着我的脸，而我像一根木桩似的杵在那儿，愣愣的。璇使劲将我的手甩开，决绝地离开了，只留下我一个人在那儿。

时间仿佛在那一刻停滞了。

那一刻，璇离我很远很远很远……

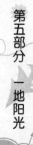

一次难忘的体验

郭忠宇

作文课上，老师拿出一个大鞋盒神秘地对我们说："今天，我们来体验一下盲人的生活吧！""怎么体验啊？"同学们都兴奋地叫起来。老师介绍道："我们先来玩儿个盲人摸物的小游戏吧。盲人摸物就是请你们闭上眼睛，在一分钟内从鞋盒里找出指定的物品。请忠宇同学先来试一试。"

我暗自想道："不就是摸东西吗？小意思了。"于是满怀信心地走到台上，闭上了双眼。老师命令道："请找出一枚五角钱的硬币。""嗯！"我把手伸进鞋盒里，摸索起来。鞋盒里的东西可真多啊！有的大，有的小，有的软，有的硬……时间一分一秒地过去，我找到好几枚圆圆的硬片，却始终无法判断出哪个才是五角钱的硬币。"10、9、8、7……"同学们开始倒计时了，我赶紧抓起一枚硬片说："就这个！""错啦，错啦！"同学们都哈哈大笑起来。我睁开眼一看，原来自己摸到的是一枚一角钱的硬币。

接下来，老师又依次请其他同学上场表演。然而，他们也一一败下阵来。因为，他们不是把大白兔奶糖当成巧克力奶糖，就是把自动笔当成圆珠笔了……这下，大家都低着头不笑了。老师见了，说："看来当盲人确实不容易啊！现在，我们进入下一个环节——盲人吃橘子。""耶——"同学们又兴奋起来了。

我闭着眼拿着橘子竟不知如何下手。费了九牛二虎之力，我才剥完橘子皮。我偷偷地睁开眼一看，手中的橘子被我剥得四处挂彩，有些地方还"鲜血淋淋"，真是惨不忍睹。吃完橘子，我正想睁开眼，却听到老师说："请吃完橘子的同学，把橘子皮扔进垃圾桶里。"这下可惨了，我不仅没有把橘子皮扔进垃圾桶里，还多次撞到墙上。

终于可以睁开眼睛了，我觉得眼前变得特别明亮起来。我知道老师这么做是为了让我们体验残疾人生活的艰辛。作为一名健全人，我们应该尽力去帮助残疾人，让他们也能快乐地生活着！

我的习惯

钱品红

英国作家萨克雷说："播种行为，可以收获习惯；播种习惯，可以收获性格；播种性格，可以收获命运。"可见好习惯对我们的一生有着多么重要的意义。

虽然大家都明白好习惯的重要性，可是，在日常的学习生活中，我们不自然地有坏习惯养成，特别是在学校生活中，一些不良习惯影响着校园的和谐，教学的秩序。在学校轰轰烈烈开展"养文明习惯　创班级特色"活动的日子里，作为你们的老师，我深刻反思：在我身上也有着不少的坏习惯！比如说：离开座位，常常不把椅子塞到桌子底下。离开座位时把椅子塞到桌子底下，是多少年来我们学校的优良传统，可我还是没有做好，我的椅子一直是你们，我可爱的学生帮我塞的。这里，除了检讨，还要感谢你们，可爱的孩子。

其实，这不算是秘密，这个不好的习惯大家都知道。今天我要鼓足勇气和大家坦白的是……呵呵，还真的难以启齿！

酝酿好久，还是告诉大家吧。你们都知道，我很爱读书，推荐给了大家很多好书。可是，你们知道吗？我有个很不好的习惯：喜欢躺着看书，还喜欢在上厕所的时候看书。很多时候，手头没有书，会造成如厕不通畅呢！

呵呵，这个习惯很不好，是吧？可是多年来，我们家卫生间里的书从来没有断过，我甚至还在卫生间里做了一个吊柜，可以用来放书。

我听到了，你们好像在哈哈大笑了，千万别笑我啊，先完成校长布置的作业吧：写写自己的好习惯，或者是要改掉的坏习惯！

让我们一起行动起来吧！

179

第五部分　一地阳光

冰点与沸点

高丽丽

　　春晚的小品《一句话的事儿》给我留下深刻的印象，今天我终于体会到：一句话会让人的心冷到冰点，一句话也会让人的心热到沸点。

　　我们班汤婷丽的作文《超级宝贝——奥运纪念币》获得《快乐语文》"文争天下"栏目"秀秀我的宝贝"主题征文的优秀奖。获奖证书及样刊拿到班上，班里沸腾起来了，大家争着看。我既为她感到高兴，又羡慕她，甚至有点嫉妒她。以前我的作文也写得不错，有一篇作文还当范文呢！那篇作文我一直保存着，那也是我的骄傲。她获奖了，我也萌生了投稿的念头。我悄悄地把想法告诉好友，没想到她居然用嘲笑的语气说："就你？你写的作文如果能获奖，那我就跟你一起姓高！"我本来就信心不足，听了她的话，我的心冷到了极点，也难过极了，心里就像装了一个千年不化的冰疙瘩，心灰意冷，失望透顶了。

　　老师看见我垂头丧气的样子，问我怎么啦。我把要投稿的想法告诉老师，没想到老师却很赞成。她亲切地说："你的作文写得挺不错。如果你投稿，可能还会发表呢！"老师的话像一缕春风拂过我的心田，我鼓起勇气问老师："真的吗？"老师慈爱地摸摸我的头，微笑着说："真的！孩子，你有一双善于观察的眼睛，一颗善良敏感的心，只要用心去写，获奖不获奖并不重要。相信自己，总有一天你会成功的。"老师的话温暖着我，心中那块千年不化的冰疙瘩终于融化了，我的心沸腾起来。夜晚，我在灯下努力着，心中充满着自信。

　　我不知道我的作文最终能否发表，但我多么希望可以常常听到老师那温暖的话语，那让我如沐春风的话语。

评委眼中的我

袁雨祺

我叫袁雨祺，是一个小女孩，生活得无忧无虑，现在来听一听几位专家评委对我的点评吧！

镜子小姐说：这位小姑娘长得白白嫩嫩，一张樱桃小嘴说起话来滔滔不绝，唱起歌来婉转动听，有些遗憾，里面的牙齿排列得不太整齐。此外，眼睛小了一些，头发还有点发黄。不过俗话说：一白遮三丑，所以小姑娘还算俊俏。99分。

衣柜先生说：她对衣服没有什么太多的要求，基本上爸爸妈妈买什么她就穿什么。但有一点，不太喜欢那种紧绷绷的衣服，她觉得束缚了她生活的自由。100分！

书本妹妹眉飞色舞地讲道：这个小姐姐挺喜欢和我在一起，几乎一有时间就来我这里，常常一待就是几个小时，分别时还依依不舍的，我们已经成了亲密无间的好朋友。书本妹妹停顿了一下又接着说，有一次，我们聊得非常愉快，小姐姐还得意地告诉我，她在学校举行的书香校园的读书征文比赛中获得了一等奖呢！我打100分。

妈妈笑了笑说：宝贝的性格有点让人捉摸不透，无论别人找她干什么，她都有求必应，可要是借她喜欢的书，她可是撕破脸皮也绝不会答应，这可有点不好。很遗憾，只能得98分。

爸爸微笑着说道：女儿平时热情大方，据老师反映乐于参加学校的各项活动，上课发言也很积极。可有一点，就是怕黑。一到晚上，就不敢一个人在家，要人陪，甚至不敢一个人上厕所，宁可一泡尿憋到天亮，这点不太好。我给她99.9分，希望宝贝女儿今后可以征服那0.1，加油！

看了那么多位专家的点评，我在心里暗暗地对自己说，加油，加油，再加油，争取下次可以全部100分！

我

陈苏甜

我，一个平凡而普通的我，既没有嫦娥那种风采，也没有西施那样婀娜。

姓名？与数学家陈景润同姓，名苏甜。

性别？跟妈妈一样。

年龄？已经度过了11个"六一"儿童节。

模样？眼睛不大也不小，大手大脚像爸爸，浓眉大眼也像爸爸，浓黑的头发像妈妈。

脾气？时好时坏，好时与同学们有说有笑，坏时在自己的世界里谁也不理睬。但是嘛，我还是比较爱笑，笑起来没完没了。

我最喜欢看书，无论是科技书、故事书、作文书，我都喜欢看。要说我的书桌啊，那可真是孔夫子搬家——净是书。小时候，妈妈给我买回的书我总是如饥似渴地读，虽然有些字不认识，但我的拼音相当的好！看完故事书后，还总是会自己编一些小故事呢！平时，我还会写一些作文练笔。我还喜欢打羽毛球、唱歌等。6年来，我的成绩单上总写着：该生按时完成作业，平时表现活泼，望继续努力！

我最喜欢上语文课，常常会被那有声有色的课文给迷住。记得有一次，老师正在讲《故乡的梨》，听着听着，我的眼前浮现出了一个画面：一座层峦叠翠的青山，上面种满梨树，个儿大味甜等回过神儿来，我的口水在桌上早已泛滥……

提到缺点，其实也是蛮多的。除了数学老师说我上课偶尔溜号，做事不认真外，姐姐还帮我总结了一些：好吃贪玩儿、骄傲自满、说话不经考虑就脱口而出……记得有一次考试考了第五名，让我好长一段时间飘飘然不知所以，结果第二次考试时，竟"跑"到第十几名去了。挨了爸爸一顿揍不说，还被关了几天的"禁闭"！

提起我的愿望啊，那就是长大以后当一名医生，专治那些不听话的孩子。